O PAÍS DAS NEVES

Yasunari Kawabata

O PAÍS DAS NEVES

tradução do japonês
Neide Hissae Nagae

7ª edição

Estação Liberdade

Título original: *Yukiguni*
© Herdeiros de Yasunari Kawabata, 1948
© Editora Estação Liberdade, 2004, para esta tradução

Preparação e revisão	Kátia Vitale, Valdinei Dias Batista e Pedro Barros
Composição	Estação Liberdade
Ideogramas à p. 7	Hideo Hatanaka, título da obra em japonês
Imagem de capa	Obra de Midori Hatanaka para esta edição. Acrílico sobre folha de ouro
Assistência editorial	Flavia Moino
Editores	Angel Bojadsen e Edilberto F. Verza

A EDIÇÃO DESTA OBRA CONTOU COM SUBSÍDIO DO PROGRAMA
DE APOIO A TRADUÇÕES DA FUNDAÇÃO JAPÃO

CIP-BRASIL. CATALOGAÇÃO NA PUBLICAÇÃO
SINDICATO NACIONAL DOS EDITORES DE LIVROS, RJ

K32p

Kawabata, Yasunari, 1899-1972
    O país das neves / Yasunari Kawabata ; tradução Neide Hissae Nagae. - São Paulo, SP : Estação Liberdade, 2016.
    160 p. ; 21 cm.

Tradução de:Yyukiguni
ISBN 978-85-7448-097-8

1. Romance japonês - Século XX. I. Nagae, Neide Nissae. II. Título.

16-35245   CDD: 895.65
                          CDU: 821.521-3

04/08/2016   09/08/2016

Todos os direitos reservados à Editora Estação Liberdade. Nenhuma parte da obra pode ser reproduzida, adaptada, multiplicada ou divulgada de nenhuma forma (em particular por meios de reprografia ou processos digitais) sem autorização expressa da editora, e em virtude da legislação em vigor.

Esta publicação segue as normas do Acordo Ortográfico da Língua Portuguesa, Decreto nº 6.583, de 29 de setembro de 2008.

EDITORA ESTAÇÃO LIBERDADE LTDA.
Rua Dona Elisa, 116 | Barra Funda
01155-030 São Paulo – SP | Tel.: (11) 3660 3180
www.estacaoliberdade.com.br

雪国

Atravessava-se um longo túnel e lá estava o País das Neves. A noite assumiu um fundo branco. O trem parou num entroncamento.

Uma moça levantou-se do assento do outro lado do corredor e veio abrir a janela bem em frente a Shimamura. O ar gélido da neve invadiu o trem. A moça debruçou-se na janela e gritou ao longe, chamando o chefe da estação:

— Chefe, senhor chefe!

O homem, que veio caminhando lentamente na neve, com uma lamparina na mão, tinha um cachecol enrolado até o nariz e um gorro de pele que lhe cobria as orelhas.

"Já faz tanto frio assim?", pensou Shimamura, dirigindo seu olhar para fora e vendo apenas pequenos barracos que pareciam ser os dormitórios oficiais da ferrovia encolhidos de frio no sopé da montanha. A cor da neve era tragada pela escuridão antes mesmo de alcançar os prédios.

— Senhor chefe... Sou eu. O senhor está bem?

— Olha só se não é Yoko! Está de volta, é? Já esfriou de novo.

— Soube que meu irmão mais novo está trabalhando aqui... Obrigada por cuidar dele.

— Num lugar como este... Logo irá desanimar de tanta solidão. É jovem... Coitado...

— É apenas uma criança. Por isso, peço que o oriente da melhor maneira possível. É um favor que lhe peço...

— Pode deixar. Ele está indo bem. O serviço ficará pesado de agora em diante. No ano passado tivemos uma nevasca daquelas. Como houve muita avalanche, os trens ficavam parados e a vila inteira envolveu-se com os serviços voluntários.

— Senhor chefe, parece estar tão bem agasalhado! Na carta de meu irmão ele dizia que nem suéter usava ainda...

— Eu ponho quatro peças de roupa, umas sobre as outras. Os jovens ficam só bebendo quando está frio. Depois caem de cama com aquele resfriado... — disse, apontando a lamparina na direção do alojamento.

— Será que meu irmão também bebe?

— Não, não.

— Já está indo para casa, senhor chefe?

— Eu me machuquei e vou ao médico.

— Puxa! Precisa tomar mais cuidado...

O chefe da estação, com um casaco sobre seu quimono, já lhe dava as costas, parecendo querer encerrar logo aquela conversa que os deixava congelados.

— Cuide-se você também — disse ele por cima do ombro.

— Senhor chefe, meu irmão está trabalhando agora? — Yoko procurou-o com os olhos pela neve. — Cuide bem do meu irmão! Por favor!

Era uma voz tão bela que chegava a ser triste. Pareciam ecos bem altos que vinham da neve no meio da noite.

O trem começou a se mover, mas ela seguiu debruçada

na janela até alcançar o chefe da estação, que andava logo abaixo, paralelo à linha do trem.

— Senhor chefe! Diga para meu irmão voltar para casa quando tiver uma folga!

— Digo, sim! — gritou ele.

Yoko fechou a janela e pôs as duas mãos na face avermelhada.

Ali, nas montanhas fronteiriças, havia três tratores prontos para remover a neve dos trilhos assim que ela começasse a cair. Havia também um sistema elétrico de alarme contra avalanches nas extremidades do túnel, mais de cinco mil operários preparados para a remoção e dois mil jovens voluntários do corpo de bombeiros que poderiam ser chamados quando necessário.

Ao saber que o irmão dessa moça chamada Yoko começara a trabalhar num lugar como aquele entroncamento ferroviário, que logo estaria soterrado pela neve, Shimamura interessou-se ainda mais por ela.

Dizemos tratar-se de uma "moça" porque assim pareceu a Shimamura, e é claro que ele não tinha condições de saber quem era o homem que a acompanhava. Os dois pareciam marido e mulher, e podia-se notar que ele estava doente. No tratamento de uma doença, forçosamente, diminui a distância entre um homem e uma mulher. Quanto maior o cuidado e a atenção dispensados à pessoa, maior a impressão de que se trata de um casal. Na prática, para quem observa, um precoce gesto maternal de uma jovem que cuida de um homem mais velho também pode ser interpretado como próprio de um casal.

Shimamura limitou-se a fazer um recorte isolado dela e

concluiu que se tratava de uma moça solteira, dada a impressão que ela lhe causara. Mas talvez seu sentimento tivesse falado alto demais, uma vez que a observara com um olhar pleno de estranheza.

Cerca de três horas antes, para passar o tempo, Shimamura movia a mão esquerda, dobrando e estendendo o dedo indicador de diversas maneiras, não se conformando com o fato de que, no final das contas, só esse dedo guardava a memória crua da mulher com a qual estava indo se encontrar. Quanto mais se afobava em resgatar com clareza a lembrança dela, mais se perdia em meio à falta de confiança na memória escorregadia e fugidia. Somente esse dedo ainda parecia umedecido pela sensação de tocar a mulher, atraindo-o para junto dela num lugar tão distante. Aproximou o dedo do nariz, cheirou-o e depois passou-o na janela embaçada. Um olho de mulher apareceu nítido e claro à sua frente. Ele se assustou e quase gritou, mas isso porque seu pensamento estava longe. Ao cair em si, viu que aquilo era apenas o reflexo da mulher que estava do outro lado. Lá fora, a noite caía, e o interior do trem estava iluminado. Com isso, formara-se um espelho na janela, que, embaçado pelo vapor do aquecedor, não existira até que ele limpasse o vidro com o dedo.

Embora o olho da moça fosse estranhamente belo, Shimamura fingiu apreciar a paisagem daquele entardecer, simulando uma nostalgia da viagem e, ao aproximar o rosto da janela, limpou com a mão o resto do vapor.

A moça, levemente curvada, olhava atenta para o homem deitado à sua frente. Pela força que colocava nos ombros, os olhos, um tanto tensos, nem piscavam, e Shimamura entendeu aquilo como sinal de atenção. O homem estava deitado com o travesseiro apoiado na janela e as pernas dobradas. Ali era a terceira classe. Como o assento deles não ficava exatamente ao lado do de Shimamura, mas na fila da frente, do outro lado do corredor, o rosto do homem só podia ser visto pela janela espelhada, até a altura da orelha. A moça estava na diagonal, de frente para Shimamura, e assim ele até poderia olhá-la diretamente. Quando embarcaram no trem, ele ficara surpreso com a beleza da moça, que parecia invadi-lo com um suave frescor, mas baixou os olhos e viu a mão pálida do homem segurar firme a dela, e teve a impressão de que não deveria olhar mais na direção dos dois.

A fisionomia do homem no reflexo do vidro era de uma serenidade que parecia influenciada pela única visão que tinha, a do colo da moça. Mesmo fraco, sua baixa resistência física fazia pairar uma doce harmonia no ar. Uma ponta do seu cachecol servia como travesseiro, e a outra cobria-lhe bem a boca e, subindo um pouco mais, recobria as maçãs do rosto, parecendo uma máscara que volta e meia afrouxava e caía sobre o nariz. Antes mesmo que o homem movesse os olhos na direção da moça, ela já ajeitava o cachecol carinhosamente. Os dois repetiram esses gestos uma infinidade de vezes, a ponto de incomodar Shimamura, que apenas observava. De vez em quando, a barra do sobretudo que cobria as pernas do homem abria-se e ficava pendurada. A moça logo percebia e a arrumava. Tudo isso era feito com tamanha naturalidade que eles pareciam ir para um lugar infinitamente longe, esquecendo-se, daquela maneira, do que a distância significa. Por isso, Shimamura não sentia a dor de assistir a algo triste, mas parecia-lhe que estava vendo o desenrolar de um sonho. Talvez porque tudo aquilo se passasse dentro daquele estranho espelho.

No fundo do espelho, corria a paisagem do entardecer, isto é, o que se via através do vidro e o que se refletia no espelho moviam-se como imagens sobrepostas de um filme. Os personagens e o cenário não tinham nenhuma relação entre si. Além disso, sendo eles de uma fugacidade translúcida, e a paisagem de uma fluidez vaga de cair de tarde, a fusão de ambos desenhava um mundo simbólico. Particularmente, quando os últimos raios de sol da mata iluminaram em cheio o rosto da moça, Shimamura chegou a sentir o coração palpitar diante daquela beleza inexprimível.

O céu das montanhas mais distantes ainda guardava os resquícios da vermelhidão do pôr do sol. Por isso, bem ao longe, os contornos da paisagem através do vidro da janela ainda continuavam nítidos, mas já sem cor, e as montanhas infinitamente monótonas pareciam ainda mais triviais. Por não haver nada de mais atraente, tudo aquilo tornava-se um imenso fluxo de emoção anuviada, obviamente porque ele imaginava o rosto da moça flutuando nesse quadro. Não era possível ver o outro lado da janela na parte em que a figura dela se refletia, mas como a paisagem do entardecer se movia ao redor do contorno da moça, o rosto dela também lhe parecia translúcido. Se o era ou não, ele não foi capaz de distinguir, pois lhe parecia que a paisagem do crepúsculo que continuava a passar por trás do seu rosto estava em frente a ele.

Como o interior do trem não era muito claro, aquele espelho não era tão nítido quanto deveria ser. Ele não refletia bem as imagens. Por isso, enquanto Shimamura olhava compenetrado, foi se esquecendo da existência do espelho e começou a pensar que a moça flutuava na paisagem do entardecer.

Foi nesse momento que os raios de sol, já tênues, iluminaram o rosto dela. O reflexo do espelho não era suficiente para apagar a claridade de fora, nem esta forte o bastante para ofuscar a imagem refletida no espelho. A claridade passava como um relâmpago pelo seu rosto, mas não era suficiente para iluminá-lo. A luz era fria e distante. No momento em que o contorno de sua pequena pupila foi se iluminando, como se os olhos da moça e a luz se sobrepusessem, seus olhos se tornaram um vaga-lume misterioso e belo que pairava entre as ondas da penumbra do cair da tarde.

Yoko não pôde perceber que era observada de tal maneira. Estava totalmente absorta no doente e, mesmo que olhasse na direção de Shimamura, sua imagem refletida no espelho não lhe seria visível e tampouco repararia num homem que admirava a paisagem através da janela.

Shimamura não se apercebera de quão atrevido era ao ficar tanto tempo olhando de modo furtivo para Yoko, provavelmente por estar preso à força irreal do espelho da paisagem ao entardecer.

Por isso, mesmo quando ela chamou o chefe da estação e mostrou uma seriedade extrema, talvez sua fantasia tivesse prevalecido.

Quando passaram por aquele entroncamento, a janela já estava escura. Com o desaparecimento da paisagem do lado de fora, o encanto do espelho também se desfizera. O belo rosto de Yoko ainda se refletia na janela, e, apesar de seus modos carinhosos, Shimamura havia descoberto nela uma frieza serena. E não se importou mais em limpar o vapor do espelho.

Pouco mais de meia hora depois, entretanto, quando inusitadamente Yoko e o homem desceram na mesma estação que Shimamura, ele se virou para olhá-la como se existisse algum envolvimento entre eles, suspeitando que algo estava para acontecer. Mas, ao sentir o frio da plataforma, foi tomado de repente pela vergonha de sua rudeza dentro do trem e atravessou na frente da locomotiva sem olhar para trás.

Quando o homem estava prestes a descer aos trilhos apoiando-se nos ombros de Yoko, um funcionário da estação ergueu o braço e os fez parar.

Em seguida, um longo trem de carga surgido da escuridão escondeu a figura dos dois.

Os encarregados de atrair clientela às hospedarias vestiam pomposos trajes de neve, como se fossem bombeiros. Tinham as orelhas cobertas e calçavam galochas. A mulher que, em pé, olhava pela janela da sala de espera na direção dos trilhos vestia um manto azul com capuz.

Shimamura continuava aquecido pelo calor do trem e ainda não sentia o frio que fazia ali fora, mas por nunca haver experimentado o inverno do País das Neves, a primeira coisa que lhe chamou a atenção foi o traje das pessoas daquele lugar.

— É tão frio assim para se vestirem desse jeito?

— É, já estamos preparados para o inverno. É muito fria a noite, após uma nevasca, que antecede um dia de tempo bom. Esta noite já deve estar abaixo de zero...

— Isso aqui é abaixo de zero? — Olhando as graciosas estalactites de gelo dos beirais do telhado, Shimamura entrou no carro com o encarregado da hospedaria. A cor da neve deixava ainda mais profundos os telhados já baixos das casas, como se a vila tivesse mergulhado silenciosamente na neve.

— Qualquer coisa que se toca é muito gelada.
— No ano passado, chegou a vinte graus abaixo de zero.
— E a neve?
— Normalmente fica entre dois metros e dois e meio, mas quando neva bastante passa de três metros e meio.
— Então as nevascas ainda estão para começar, não é?
— Estão começando. Essa que caiu da última vez atingiu cerca de trinta centímetros, mas já derreteu bastante.
— Chega a derreter, é?
— Sim, mas pode vir uma nevasca a qualquer momento.

Era início de dezembro.

Do nariz de Shimamura, entupido por causa de um resfriado, começou a escorrer um muco incessante, como se, desde o centro da sua cabeça, se desobstruíssem as sujeiras de uma só vez.

— A moça que morava com a professora de música ainda está por aqui? — perguntou Shimamura.
— Está sim. Ela estava na estação. Não a viu? Vestia um manto azul-escuro.
— Então era ela? Será que é possível chamá-la mais tarde?
— Esta noite?
— Sim, esta noite.
— Ela disse que o filho da professora chegaria naquele último trem e que iria buscá-lo na estação.

O doente que recebia os cuidados de Yoko naquele espelho da paisagem ao entardecer era então o filho da professora de música, em cuja casa morava a mulher com quem Shimamura tinha vindo se encontrar.

Ao saber disso, ele sentiu algo atravessar seu peito, mas não pensou que aquele encontro fosse tão extraordinário. Ficou surpreso consigo mesmo por não achar aquilo estranho.

Shimamura, sem saber por que, sentia no íntimo que havia alguma coisa, que algo aconteceria entre a mulher da qual se lembrava pelo dedo e a mulher com os raios de sol nos olhos. Seria ainda efeito daquele espelho da paisagem ao entardecer? Sem querer, Shimamura chegou a balbuciar que aqueles momentos da paisagem ao entardecer simbolizavam o passar do tempo.

A hospedaria de águas termais era menos frequentada antes da temporada de esqui. Quando Shimamura saiu do banho coletivo no interior da hospedaria, já reinava o mais completo silêncio. O corredor envelhecido fazia as vidraças estremecerem a cada passo que ele dava. No canto do balcão afastado, ao final do corredor, a silhueta da mulher surgiu alta, a barra de seu quimono estendendo-se gelidamente sobre o assoalho negro e brilhante. Ao ver aquela barra, Shimamura teve um sobressalto, deduzindo que ela acabara mesmo se tornando uma gueixa. A mulher não fez nenhuma menção de vir em sua direção e nem deu indícios de que se desmanchava para recebê-lo. Como ela se mantinha imóvel, ele, de longe, captou algo de muito sério e foi às pressas ao seu encontro, mas ela permaneceu calada mesmo quando ele se pôs ao seu lado. A mulher tentou sorrir através da grossa camada de maquiagem, mas o sorriso derreteu-se em lágrimas e, por isso, sem dizerem nada, encaminharam-se para o quarto dele.

Depois de tudo o que acontecera entre eles, Shimamura não mandara cartas, não viera ao seu encontro e nem cumprira a promessa de enviar-lhe os livros de dança, o que, para a mulher, significava total esquecimento e negligência. Por isso, Shimamura deveria se desculpar ou dar explicações. Mas enquanto caminhavam sem se olharem, era possível perceber que ela, em vez de culpá-lo, transbordava de saudades. Ele achou então que nada do que dissesse naquele momento serviria para mostrar outra coisa senão falta de seriedade. E sentiu-se envolvido pela doce alegria de ser dominado pela mulher. Ao chegar perto da escada, disse:

— Ele é quem mais se lembra de você, sabe? — e colocou, de repente, com a mão esquerda fechada, o dedo indicador esticado diante dos olhos dela.

— É? — disse a mulher, segurando o dedo dele. Sem o largar, foi subindo os degraus como se o puxasse.

Ao soltá-lo na frente do *kotatsu*[1], seu rosto estava vermelho até o pescoço. Para disfarçar o rubor, apressadamente pegou de novo a mão dele e disse:

— Ele é que se lembrava de mim, então?

— Não é o dedo da mão direita, é o desta — disse, retirando a mão direita das palmas das mãos da mulher e introduzindo-a no *kotatsu*. E ofereceu-lhe novamente a esquerda.

— Sim, eu sei — disse ela, serenamente, e sorrindo baixinho, abriu a palma da mão de Shimamura, colocando seu rosto sobre ela. — Foi ele que continuou a se lembrar de mim?

---

1. Mesa baixa e quadrada com um aquecedor em sua estrutura interna e um edredom sob o tampo. [N.T.]

— Puxa, que gelo! É a primeira vez que toco em cabelos tão gelados.

— Ainda não está nevando em Tóquio?

— Naquela ocasião você me disse tudo aquilo, mas não era verdade! Se não fosse assim, quem é que viria a um lugar frio como este num final de ano?

"Naquela ocasião..." Foi na época em que cessara o perigo das avalanches e começara o período das escaladas às montanhas verdejantes. Logo os brotos de *akebi* não estariam mais presentes nas refeições.

Shimamura, *bon vivant*, descobriu que tendia a perder naturalmente a seriedade, por isso caminhava sozinho pelas montanhas, achando que eram o lugar ideal para recuperá-la. Naquela noite, havia descido para essas termas e solicitado uma gueixa, depois de passar sete dias nas montanhas fronteiriças. Disseram-lhe, porém, que seria muito difícil atender seu pedido, pois, devido à inauguração de uma estrada construída com recursos beneficentes, os convidados eram tantos que tiveram de realizar a comemoração no depósito de casulos de bicho-da-seda, que também servia de teatro da vila, e as doze ou treze gueixas estavam todas ocupadas. No entanto, se ele aceitasse a moça que morava com a professora de música, talvez ela pudesse atendê-lo, pois estaria de volta depois de executar duas ou três danças. Perguntando mais detalhes a seu respeito, Shimamura recebeu da empregada uma explicação bem superficial de como era a mulher: uma moça que morava na casa da professora de *shamisen* e de dança, que não era gueixa, mas participava das festas mais importantes quando solicitada. Por não haver na vila aprendizes de gueixa que cobrassem a metade do preço, e por serem muitas delas já de meia-idade e preferirem não ter de dançar, os serviços da moça eram bastante requisitados. Raramente ia sozinha aos quartos dos clientes da hospedaria, mas tampouco era uma simples amadora.

Ele ficou receoso, desconfiado de toda aquela conversa, mas quando a mulher foi trazida pela empregada cerca de uma hora depois, Shimamura, surpreso, mudou de postura. A moça segurou a empregada pela manga do quimono quando esta tentou se retirar, fazendo-a sentar-se.

A imagem que a mulher passava era de um asseio bastante singular. Parecia-lhe que até os vãos de seus dedos do pé eram limpos. Shimamura chegou a duvidar de seus olhos, achando que aquilo era efeito do início do verão nas montanhas, que o enganava.

Ela tinha um jeito de gueixa no modo de se vestir, mas a barra do quimono, é claro, não era arrastada. Muito pelo contrário, ela até vestia com rigor um quimono simples de uma peça só. Apenas o *obi*[2] destoava, pois parecia um artigo caro, e o conjunto, deplorável, decepcionava pela falta de bom senso.

Aproveitando a oportunidade, a empregada se retirou quando eles começaram a falar sobre as montanhas. Mas como a mulher não sabia ao certo o nome daquelas montanhas que se viam da vila e Shimamura também não desejava beber saquê, ela começou a falar, de modo inesperadamente franco, que havia nascido ali mesmo no País das Neves, que fora contratada para ser gueixa em Tóquio.

---

2. Faixa para amarrar quimonos. [N.E.]

Então, depois de um ano e meio, quando pensava em ganhar a vida futuramente como professora de dança japonesa, seu amo, que a tirara da vida de gueixa, veio a falecer. Os fatos que se sucederam desde a morte dele até aquele momento é que pareciam constituir a verdadeira história de sua vida, mas ela não mostrava indícios de se abrir tão rapidamente. Disse ter dezenove anos. Supondo que ela não mentia, Shimamura começou a se sentir à vontade, pois ela aparentava ser mais velha. Ao fazer comentários sobre kabuki, por exemplo, a mulher mostrou-se mais conhecedora do que ele sobre a vida e os estilos dos artistas. Falaram sem parar, talvez ávidos por companhia para conversar, e aos poucos ela transpareceu ter raízes no mundo do meretrício. Também parecia conhecer os sentimentos masculinos. Mesmo assim, ele estava convencido de que ela era uma amadora e como fazia uma semana que ele não conversava com quase ninguém, aflorou entre eles um clima caloroso e, antes de qualquer outra coisa, sentiu por ela algo semelhante a amizade. As sensações da montanha repercutiram até na mulher.

Na tarde do dia seguinte, ela pôs os utensílios de banho no corredor e passou no quarto dele para fazer uma visita.

Mal a mulher se sentou, ele foi logo pedindo que lhe solicitasse uma gueixa.

— O que quer dizer com isso?

— Você sabe do que se trata.

— Que desagradável! Nunca nem em sonhos imaginei que me pediria uma coisa dessas! — disse ela, caminhando para perto da janela. Olhou as montanhas fronteiriças, mas logo corou. — Não, aqui não existem mulheres assim.

— Mentira...

— É verdade, sim — virou-se para ele e sentou-se no parapeito da janela —, jamais se pode forçar ninguém. Isso é escolha das gueixas. A hospedaria também não oferece serviços desse tipo. É verdade. É melhor o senhor mesmo chamar alguém e falar diretamente.

— Peça para mim...

— Por que eu faria uma coisa dessas?

— Considero-a uma amiga. Quero mantê-la como amiga e por isso não tento te seduzir.

— Isso é ser amigo? — disse a mulher impetuosa, em tom infantil, mas um momento depois, como se vomitasse: — Como é capaz de me pedir uma coisa dessas?

— Não é nada demais, é? Fiquei cheio de energia depois de uma semana lá nas montanhas. Minha mente não sossega. Nem com você consigo conversar do modo que eu gostaria...

A mulher cerrou as pálpebras e calou-se. Shimamura, a essa altura, nada mais fazia do que expor a falta de vergonha de um homem, e esse seu jeito de tentar fazer com que aquilo fosse compreensível parecia sensibilizar a mulher. Seu olhar voltado para baixo, devido talvez aos cílios grossos, mostrava uma ardorosa sensualidade. Enquanto Shimamura a olhava, ela virou de leve o rosto para os lados e novamente corou.

— Chame a gueixa que quiser.

— Pois então, estou pedindo que o faça por mim. Como é a primeira vez que venho aqui, não sei quem é bonita...

— Como vou saber quem é bonita para o senhor?!

— Prefiro que seja jovem... A margem de erro deve ser menor. Quero uma que não fale demais. Que fique absorta em seus pensamentos e que não tenha aspecto sujo. Quando eu quiser conversar, mando chamar você.

— Não virei mais aqui.

— Não diga tolices!

— Não virei! Por que viria?

— Quero manter uma relação aberta com você e por isso não a seduzo, não entende?

— Basta!

— Se isso acontecer, pode ser que amanhã não queira nem te olhar. Não seria capaz de manter uma conversa contigo. Vim lá das montanhas para esta vila e não a seduzo porque você é, assim, muito agradável... Sou um viajante, você sabe...

— É... É verdade.

— Claro. Se eu dormisse com uma mulher que é de seu desagrado, até mesmo você não iria querer me encontrar depois, mas se for uma que você mesma escolhesse, seria um pouco melhor, não seria?

— Sei lá! — disse ríspida e contrariada. No entanto, acrescentou logo: — Não deixa de ter alguma razão...

— Se dormirmos juntos, será o fim. Não tem graça. Com certeza nossa relação não irá durar.

— É... Realmente, é sempre assim. Nasci numa cidade portuária. Isto é um hotel de águas termais, não é? — disse a mulher de modo inesperado, num tom franco. — Os clientes geralmente são viajantes. Sou apenas uma criança, mas ouvindo o que dizem muitas pessoas, parece que aqueles que mais deixam saudades são os que parecem gostar delas, mas nada lhes revelam. Tornam-se inesquecíveis. Dizem que é o que acontece depois da separação. Geralmente são esses que se lembram e mandam cartas.

A mulher levantou-se do parapeito da janela e sentou-se delicadamente no tatame. Parecia estar revivendo um passado distante, e, ainda assim, encontrava-se bem próxima de Shimamura.

Porque a voz dela carregava algo de emotivo, Shimamura sentiu-se um pouco culpado, como se ele a tivesse enganado com facilidade.

Mas ele não tinha mentido. Ela lhe parecia uma amadora. Não era preciso que direcionasse a ela seu desejo por mulheres, tudo poderia acontecer de modo mais ameno, sem culpas. Esta mulher era demasiadamente asseada. Desde a primeira vez que a vira, ele já a separara das demais.

Além disso, ele estava indeciso quanto à escolha de um local para veraneio e por isso pensara em vir com a família para essas termas. Se o fizesse, a mulher, felizmente uma amadora, poderia ser uma boa companhia para sua esposa, que até poderia aprender a dançar para passar o tempo. Pensara de fato nessa possibilidade. A amizade que sentia por aquela mulher era desse tipo, bastante ingênua.

Obviamente, nisso tudo também havia o espelho da paisagem ao entardecer. Pode ser que Shimamura detestasse casos mal resolvidos com mulheres cuja situação fosse tão ambígua, mas também encarava o fato como algo irreal, como aquele rosto de mulher refletido no vidro da janela do trem ao entardecer.

O mesmo ocorria com seu gosto pelas danças ocidentais. Shimamura tinha crescido na região comercial de Tóquio e por isso familiarizou-se com o teatro kabuki desde a infância. Nos tempos de estudante, começou a gostar de danças japonesas e de *shosagoto*.[3] Sendo do tipo que não

---

3. Dança acompanhada de canto apresentada nos palcos de kabuki. [N.T.]

se satisfazia se não conhecesse tudo a respeito de algo, leu os registros antigos e visitou os grãos-mestres. Com o passar do tempo, tornou-se conhecido das novas estrelas da dança japonesa, passando a escrever artigos e críticas. Por fim, insatisfeito com as tradições antiquadas da dança japonesa e também com as novas experiências, que procuravam apenas a autossatisfação, foi tomado pelo sentimento de que, acima disso, só lhe restava entrar de corpo e alma no movimento. Mas no momento em que era assediado por jovens mestres da dança japonesa, subitamente voltou-se para a dança ocidental. Passou a não mais assistir a apresentações de dança japonesa. Em compensação, começou a reunir livros e fotos sobre a dança ocidental e até fazia sacrifícios para conseguir pôsteres e programas de espetáculos do exterior. Não era apenas um interesse pelo estrangeiro e pelo desconhecido. A alegria que descobriu aí vinha do fato de não poder vê-los ao vivo. Como prova disso, Shimamura nem dava atenção às danças ocidentais apresentadas pelos japoneses. Não havia nada mais cômodo que escrever sobre elas apoiando-se nas publicações do exterior. Falar sobre dança sem nunca ter assistido a um espetáculo é um absurdo. Não existe tese mais vazia de propósito do que essa, é a poesia dos céus. Embora lhes atribuísse o nome de pesquisa, não passavam de imaginações a seu bel-prazer. Ele não assistia à arte da dança ao vivo, assistia à ilusão da dança de sua própria imaginação proveniente de textos e fotos ocidentais. É como idolatrar uma paixão nunca vista. Além do mais, como era considerado um escritor menor por escrever, vez ou outra, sobre esse tema, zombava de si mesmo, consolando-se por não ter uma profissão.

Suas conversas sobre dança fizeram com que a mulher se aproximasse dele, e deve-se dizer que depois de tanto tempo esse conhecimento tinha lhe rendido alguma utilidade prática. Mas, talvez inconscientemente, Shimamura estivesse tratando a mulher como tratava a dança ocidental.

Por isso, ao ver que suas palavras levemente nostálgicas atingiram o cerne da vida da mulher, chegou a ficar constrangido ao perceber que conseguira enganá-la.

— Dessa maneira, quando eu trouxer minha família numa próxima oportunidade, será possível divertirmo-nos juntos.

— É, já entendi tudo muito bem — sorriu a mulher, baixando o tom de voz e assumindo um jeito típico de gueixa.
— Eu também prefiro assim, os relacionamentos às claras duram mais.

— Por isso, chame uma gueixa para mim.
— Agora?
— É.
— Fico abismada. Não é possível fazer nada assim, em plena luz do dia!
— É que não quero ficar com as sobras.
— O que está dizendo? Não está confundindo esta estação termal com termas de prostituição, está? Será que não percebe só de olhar a vila? — disse a mulher em tom bastante sério e incrédulo, explicando mais uma vez que ali não existiam tais mulheres. Frente à dúvida de Shimamura, ela ficou ainda mais irritada, mas cedeu um pouco, dizendo que a decisão de dormir ou não com o cliente era da gueixa. A diferença era que, sem permissão, a responsabilidade seria da gueixa e nada do que lhe acontecesse seria da conta da hospedaria.

No entanto, uma vez comunicada a permissão, a responsabilidade era do patrão, que lhe daria todo o apoio.

— O que significa responsabilidade?

— No caso de engravidar ou adoecer, por exemplo...

Enquanto ria de sua pergunta ridícula, Shimamura pensou que só mesmo numa vila montanhosa como aquela seria provável uma conversa descontraída assim.

Ele, como *bon vivant*, talvez buscando se camuflar naturalmente, era por instinto sensível ao espírito do local em que viajava. Ao descer das montanhas, logo percebeu certa tranquilidade no aspecto simplório daquele vilarejo e, ao perguntar na hospedaria, soube que aquela era uma das vilas com melhores condições de vida no País das Neves. Dizem que fora um lugar de banhos terapêuticos dos agricultores até a chegada da ferrovia, havia bem pouco tempo. As casas que ofereciam gueixas eram anunciadas como restaurantes e casas de feijão-doce em calda, lojas estas que tinham as cortinas de entrada desbotadas e, pelo aspecto gasto dos *shoji*[4] em estilo antigo, duvidava-se que tivessem fregueses. Algumas lojas de miudezas e doces tinham apenas um atendente, e os donos, ao que parece, trabalhavam na lavoura. Talvez por ser ela a moça da casa da professora de música, por certo não havia gueixas que a condenassem por não ter licença quando esporadicamente ia ajudar nas festas.

— Afinal, quantas são?

— As gueixas? Acho que doze ou treze...

---

4. Porta corrediça em esquadria de madeira quadriculada forrada com papel Japão. Normalmente é utilizada como janela que permite a entrada da claridade do sol. [N.T.]

— Qual delas é a melhor? — levantou-se Shimamura, tocando a campainha para chamar a empregada.

— Eu vou embora, entendido?

— Não, não vá.

— É desagradável — retrucou a mulher em tom lamurioso. — Vou embora. Pode deixar, não tem importância. Retornarei.

No entanto, ao ver a empregada entrando, ela sentou-se novamente, sem nenhum motivo especial. Por mais que a empregada lhe perguntasse qual gueixa poderia chamar, a mulher se recusava a indicar algum nome.

Assim que viu a gueixa de dezessete ou dezoito anos que chegou logo depois, Shimamura perdeu totalmente o desejo por mulheres que tivera ao vir das montanhas. Seus braços de pele escura mostravam uma ossatura forte e, como parecia ser boa pessoa e ter ar de novata, continuou a observá-la, procurando não demonstrar falta de interesse. Acontece, porém, que ele não conseguiu conter a atração que as montanhas de um verde todo exuberante exerciam sobre ele do outro lado da janela. Sentiu até preguiça de conversar. Era uma gueixa bem característica de um vilarejo retirado. Como Shimamura tinha o rosto sombrio, a empregada, procurando ser educada, levantou-se e saiu calada, fazendo com que o clima ficasse ainda mais constrangedor. Já devia ter se passado cerca de uma hora e ele pensava se não haveria um meio de fazer com que a gueixa saísse, quando se lembrou de que havia chegado uma notificação de remessa de dinheiro pelo correio e, usando o horário de fechamento do correio como justificativa, aproveitou para sair do quarto com ela.

Entretanto, quando estava no vestíbulo, olhou para a montanha atrás da hospedaria e sentiu um cheiro forte de brotos verdes. Começou então a subir a ladeira todo afoito, como se atraído pela montanha.

Não sabia por que, mas não conseguia parar de rir.

Quando se sentiu cansado, deu meia-volta, levantando a parte de trás do quimono de banho. Ao descer a galope desenfreado, duas borboletas amarelas junto a seus pés alçaram voo.

Enroscando-se uma na outra, as borboletas foram atingindo alturas superiores às das montanhas fronteiriças, e o amarelo de suas asas foi embranquecendo, até elas se afastarem para longe.

— O que aconteceu? — disse a mulher à sombra do bosque de cedros. — Está com um ar de felicidade, sabia?

— Desisti — disse Shimamura, tendo um novo acesso de riso sem motivo. — Desisti.

— Ah, é?

A mulher virou-se para o outro lado e foi entrando lentamente no bosque de cedros. Calado, ele a acompanhou. Havia lá um santuário. A mulher sentou-se numa rocha achatada próxima à estátua dos cães guardiães[5] coberta de musgo.

— Aqui é bem fresco. Mesmo em pleno verão o vento é frio.

— As gueixas daqui são todas daquele jeito?

— Devem ser todas parecidas. Entre as mais velhas, há

---

5. Par de estátuas de um animal semelhante a um leão. São colocadas na entrada dos santuários e templos para dar imponência e afugentar os maus espíritos. Uma delas, de boca aberta, representa "o início", e a outra, de boca fechada, representa "o fim". [N.T.]

muitas que são bonitas — disse ela com simplicidade, olhando para baixo. O verde-escuro dos cedros parecia refletir em seu pescoço.

Shimamura olhou para a copa das árvores.

— Acabou. Perdi de repente o desejo, parece até engraçado.

De tão altos os cedros, era preciso envergar o corpo para trás, apoiando as mãos na rocha para avistar-lhes o cimo. Além do mais, os troncos erguiam-se enfileirados em linha reta e as folhas escuras tampavam o céu, criando um silêncio intenso. O tronco no qual Shimamura estava recostado era o mais velho de todos e, sem nenhum motivo aparente, um único galho do lado norte estava completamente seco até o alto; a junta que restou caída parecia ter sido enxertada no tronco como uma estaca invertida, lembrando a arma de uma divindade assustadora.

— Eu estava confundindo as coisas. Assim que cheguei das montanhas, logo vi você, por isso acabei achando que as gueixas daqui fossem todas bonitas — disse rindo. Só então Shimamura percebeu que tivera a ideia de romper sua abstinência sexual de sete dias nas montanhas quando encontrara, logo de saída, aquela mulher tão asseada.

A mulher olhava fixamente para o rio longínquo, que brilhava ao sol poente. Ficaram constrangidos.

— Ah, já ia me esquecendo... É seu cigarro, não é? — disse a mulher com ar despretensioso. — Quando voltei ao seu quarto ainda há pouco, já não estava mais. Enquanto pensava no que poderia ter acontecido, vi-o sozinho subindo a montanha em disparada. Pude ver pela janela. Foi muito engraçado. Como notei que esquecera o cigarro, vim lhe trazer — retirou o cigarro do quimono e acendeu um fósforo.

— Fui injusto com a menina...

— O que é que tem? O cliente pode dispensá-la quando tiver vontade.

Só se ouvia o harmonioso e doce burburinho do rio cheio de pedras. Pelos vãos dos cedros, era possível ver que as nervuras das montanhas do outro lado estavam ficando escuras.

— Se essa mulher estivesse à sua altura, eu me mortificaria quando a reencontrasse, não acha?

— Não sei. É bem orgulhoso, hein? — disse a mulher gracejando. Mas o fato é que, depois de a gueixa ter sido chamada, reinava um sentimento muito diferente entre os dois.

Ao perceber com clareza que, desde o início, queria única e exclusivamente aquela mulher e que só fazia rodeios como de costume, Shimamura começou a sentir raiva de si mesmo e, por outro lado, passou a achá-la ainda mais bela. Quando a mulher o chamou na sombra dos cedros, ela parecia refrescada e aliviada.

Seu nariz fino e saliente tinha um aspecto meio solitário, mas seus lábios, pequenos como uma flor em botão, faziam movimentos suaves de expansão e contração como os belos anéis da sanguessuga. Pareciam se mover mesmo quando ela estava calada. Se apresentassem rugas ou uma coloração ruim, dariam a impressão de falta de higiene, mas, ao contrário, eram úmidos e brilhantes. Os cantos dos olhos não eram nem erguidos nem caídos, e embora parecessem ter sido delineados retos de propósito, suas sobrancelhas de pelos curtos e abundantes, com uma leve curva descendente, envolviam-nos na proporção correta. Seu rosto redondo, um pouco protuberante no centro, tinha contornos até comuns, mas a pele era como uma porcelana branca sobre a qual se houvesse espalhado um vermelho bem suave. A base do pescoço ainda não era carnuda e, mais do que uma bela mulher, ela era limpa. Para uma mulher que se lançou a aprendiz de gueixa, tinha seios fartos.

— Olha só, já começaram a aparecer mosquitos — levantou-se, batendo a barra do quimono.

Se mantivessem aquele silêncio, os dois só ficariam ainda mais constrangidos.

Naquela noite, por volta das dez horas, a mulher chamou o nome de Shimamura bem alto pelos corredores e entrou no quarto dele como se tivesse sido jogada para dentro. Ao cair de repente sobre a escrivaninha, espalhou tudo o que estava sobre ela com mãos embriagadas e depois bebeu água em grandes goles.

Ela tinha se encontrado com os fregueses da estação de esqui, que chegaram das montanhas ao entardecer, e, tendo sido por eles convidada, fora à hospedaria, onde fizeram um grande alvoroço chamando gueixas, e ela se vira obrigada a beber.

Depois de falar sem parar, ao mesmo tempo que balançava a cabeça por causa da tontura, finalizou:

— Como não posso deixá-los sozinhos, vou embora, está bem? Eles devem estar preocupados à minha procura. Depois eu volto, pode ser? — e saiu cambaleando.

Cerca de uma hora depois, parecia retornar com passadas desordenadas pelo longo corredor, batendo aqui e ali.

— Senhor Shimamura, senhor Shimamura! — chamava

de modo estridente. — Ai, ai, ai. Não enxergo nada, senhor Shimamura!

Sem dúvida, aquela era a voz do coração totalmente desnudo de uma mulher que chama pelo seu homem. Shimamura estava surpreso. Mas como a voz dela era estridente e por certo seria ouvida pela hospedaria inteira, ele se levantou incomodado quando a mulher segurou nos vãos da porta corrediça, enfiando os dedos no revestimento de papel, e caiu cambaleando nos seus braços.

— Ah, está aqui, então... — Ela sentou-se enroscada em Shimamura e apoiou-se nele. — Não estou embriagada, não. Não mesmo. Imagine só. Estou com falta de ar. Só estou com falta de ar. Estou bem consciente. Ai, ai, ai, quero beber água. Não devia ter misturado saquê com uísque. Que raiva. Ai que dor! Aqueles homens compraram uísque barato. E eu, sem saber de nada... — dizia isso e esfregava o rosto sem parar.

O barulho da chuva lá fora aumentou consideravelmente.

Bastava Shimamura afrouxar um pouco os braços e a mulher ameaçava cair. Seus braços estavam tão apertados em volta do pescoço dela que seus cabelos se comprimiam contra o rosto dele. Sua mão estava dentro do quimono dela, na altura dos seios.

Sem responder às palavras lisonjeiras de Shimamura, a mulher cruzou os braços como uma tranca sobre o seio que lhe era requisitado, mas disse talvez sem força suficiente por causa da embriaguez:

— O que é isso? Que droga! Que droga! Sinto uma moleza no corpo! O que é isso? — disse mordendo subitamente o próprio braço.

Assustado, ele a fez parar de se morder. Havia ali uma marca profunda de dentes.

A mulher, no entanto, já à mercê das mãos dele, começou a fazer rabiscos com a ponta dos dedos. Dizendo que iria escrever o nome das pessoas de quem gostava, enfileirou vinte ou trinta artistas de teatro e de cinema, e depois escreveu apenas "Shimamura", inúmeras vezes.

Os seios generosos que Shimamura segurava com a palma das mãos começaram a ficar quentes.

— Está tudo bem agora. Estou aliviado! — disse ele calmamente, e sentiu mesmo algo maternal nela.

A mulher começou a passar mal de novo, levantou-se e, debatendo-se, foi se encostar no outro canto do quarto.

— Não posso! Não posso! Vou embora, vou para casa!

— Você nem consegue andar! Está chovendo demais!

— Vou descalça. Vou engatinhando!

— É perigoso! Se você vai embora, então eu a levo!

A hospedaria ficava no alto de uma colina, e a ladeira era íngreme.

— Você pode afrouxar o *obi* ou deitar-se um pouco até passar o efeito da bebida.

— Nada disso adianta! É só ficar assim, já estou acostumada — e sentou-se ereta, erguendo o peito, mas ela ficava ainda mais sufocada. Abriu a janela, mas não conseguiu vomitar. Continuou resistindo à ânsia de rolar pelo chão e, de vez em quando, como se voltasse a si, repetia "vou embora, vou embora", até que já passava das duas da madrugada.

— Vá dormir... Já disse para ir dormir!

— E você, vai fazer o quê?

— Vou ficar assim. Deixar o efeito passar e ir embora. Vou

embora antes de o dia clarear — e aproximou-se, puxando Shimamura. — Já disse que é para dormir, não precisa se preocupar comigo!

Shimamura entrou debaixo das cobertas. A mulher apoiou o peito na mesa e tomou água.

— Acorde! Ei, já disse para acordar!
— O que você quer que eu faça, afinal?
— Fique dormindo mesmo!
— O que você está dizendo não faz nenhum sentido. — Shimamura levantou-se e puxou-a para junto de si.

Por fim, a mulher, que virava o rosto de um lado para outro, tentando se esconder, subitamente ofereceu-lhe os lábios com violência. Mesmo assim, como se reclamasse de seu sofrimento, repetiu inúmeras vezes:

— Não posso! Não posso! O senhor disse que era para continuarmos amigos, não disse?

Tocado por esse tom tão sério, Shimamura pensou em cumprir a promessa feita à mulher, pois estava constrangido diante da enorme força de vontade com que ela se continha, a ponto de ficar com a testa enrugada e a cara amarrada.

— Não tenho nada a perder. E não seria jamais por receio. Mas eu não sou mulher desse tipo. Eu não sou mulher desse tipo. O senhor mesmo disse que com certeza não duraria!

Ela ainda estava meio anestesiada pela embriaguez.

— Não sou eu a culpada. O senhor é o culpado. Foi o senhor quem perdeu. O senhor é um fraco. Não eu — dizia ela, quase num transe, e mordia a própria manga, como se quisesse contrariar a alegria.

Por algum tempo permaneceu quieta como se tivesse

perdido as energias, mas, parecendo lembrar-se de algo, começou a provocar:

— Está rindo, não é? Está rindo de mim.

— Não estou rindo.

— No íntimo, está rindo de mim. Mesmo que não o faça agora, inevitavelmente o fará mais tarde — virou-se de bruços no chão e começou a soluçar.

No entanto, logo parou de chorar e, dócil, como se estivesse se recompondo, começou a falar de detalhes sobre sua vida, de maneira bastante íntima. O mal-estar da embriaguez parecia ter desaparecido como se tivesse se esquecido dele. Ela não mencionou absolutamente nada sobre o que acabara de acontecer.

— Nossa! Fiquei tão entretida na conversa que nem percebi como é tarde! — disse, dessa vez abrindo um sorriso. Falou que precisava ir embora antes de clarear o dia. — Ainda está escuro, não? As pessoas daqui acordam cedo — levantou-se inúmeras vezes para olhar pela janela. — Acho que ainda não dá para se ver o rosto das pessoas, ou dá? Como está chovendo, agora de manhã ninguém deve ir para a lavoura.

Mesmo quando os telhados ao sopé da montanha, do outro lado, emergiram em meio à chuva, ela ainda teve receio de sair. Arrumou o cabelo antes que as pessoas da hospedaria acordassem e, temendo que alguém visse Shimamura acompanhá-la até o vestíbulo, correu sozinha, como se estivesse fugindo. Naquele mesmo dia ele retornou a Tóquio.

— Naquela ocasião você me disse tudo aquilo, mas estava errada! Se não fosse assim, quem é que viria a um lugar frio como este num final de ano? Mesmo depois, não ri de você, não.

Quando a mulher ergueu a cabeça, foi possível ver, por baixo do pó de arroz carregado, que das pálpebras ao nariz, pressionado contra a palma da mão de Shimamura, seu rosto havia ficado avermelhado. Isso mostrava como eram geladas as noites no País das Neves e, ao mesmo tempo, fazia com que os cabelos dela, por serem de um preto bem escuro, causassem a impressão de estarem quentes.

Aquele rosto trazia um sorriso contido como se tivesse sido ofuscado. Mas enquanto isso, ela talvez se lembrasse "daquela ocasião", e era como se as palavras de Shimamura fossem tingindo aos poucos o corpo da mulher. Ela fechou o semblante e abaixou a cabeça. Então, foi possível ver suas costas vermelhas, como que expondo uma nudez vivamente sensual devido ao decote na parte de trás do quimono. Talvez a vermelhidão parecesse ainda mais forte devido ao contraste com a cor de seus cabelos. Seus cabelos, cuja franja crescia sem preencher por completo toda a testa, grossos como os de um homem e sem nenhum fio novo despontando, tinham um brilho pesado como o de um minério negro.

Shimamura teve a impressão de que não era em razão do tempo que aquele cabelo, que tocara pela primeira vez havia pouco e o surpreendera, era tão gelado, mas devido ao próprio tipo dele. Enquanto passava a olhá-lo com outros olhos, a mulher pôs-se a fazer contas com os dedos apoiados sobre o *kotatsu*. Custava a terminar.

— O que você está contando? — perguntou ele, mas ela continuou calada, fazendo as contas com os dedos.

— Foi no dia 23 de maio, não foi?

— Ah! Então você estava contando os dias? Não se esqueça de que julho e agosto são meses com 31 dias.

— Olha, hoje é o 199º dia! Exatamente o 199º dia.

— Espere um pouco, como se lembra tão bem que foi no dia 23 de maio?

— Vendo o diário, dá logo para saber.

— Diário? Você escreve um diário?

— Sim. É divertido olhar os diários antigos. Como tudo está escrito fielmente, sem esconder nada, sinto vergonha mesmo quando o leio sozinha!

— Quando você começou?

— Um pouco antes de me tornar aprendiz de gueixa, em Tóquio. Naquela época, não controlava o meu dinheiro, sabe? Não podia comprar nada sozinha. Comprava um caderno de anotações de dois ou três centavos de iene e, com uma régua, riscava as pautas bem finas, e acho que afiava bem as pontas dos lápis, pois as linhas eram bem uniformes. Minha letra miúda preenchia as folhas de cima a baixo. Depois que me tornei capaz de comprar um diário de verdade, relaxei. Desperdiçava folhas. Antes, até para escrever o rascunho, usava jornais velhos, mas agora escrevo direto no rolo de papel.

— Tem escrito diários esse tempo todo?

— Tenho. Os mais interessantes são os de quando tinha dezesseis anos e os deste ano. Sempre escrevo depois de voltar do salão e vestir a roupa de dormir. Volto tarde, sabe? Lendo-o agora, encontro trechos em que dá para notar que escrevi até um determinado ponto e depois acabei dormindo.

— É mesmo?

— Mas sabe, não escrevo todo dia. Às vezes deixo de escrever. Num lugar como este, nas montanhas, já virou rotina eu sair para atender clientes. Neste ano só consegui comprar um diário, já com as páginas datadas, e não funcionou, pois sempre há casos em que o texto fica longo quando se começa a escrever...

Mais do que com a história dos diários, Shimamura foi surpreendido ao saber dos registros que ela fazia de cada romance lido desde os seus quinze ou dezesseis anos, que já atingiam dez cadernos de anotações.

— Você registra suas impressões, então?

— Não sou capaz de escrever impressões ou coisa parecida. Escrevo apenas o título, o autor, o nome das personagens e a relação entre elas.

— De que adianta deixar registro sobre essas coisas?

— De nada.

— É um esforço em vão.

— É mesmo — a mulher respondeu normalmente, como se não se importasse. No entanto, fixou o olhar em Shimamura.

Por algum motivo ele pensou em reafirmar que aquilo era deveras inútil. Mas, atraído pela mulher, sentiu uma serenidade penetrante como o som da neve. Embora no fundo soubesse que nada daquilo era de fato inútil para ela, só acabou realmente percebendo a pureza de sua existência ao lhe dizer logo de início tratar-se de um esforço em vão.

Sua conversa sobre os romances pareceu-lhe algo totalmente alheio à "literatura", no sentido comum da palavra. Parece que suas amizades eram do tipo "trocar revistas femininas para ler" com as pessoas da vila, pois, afinal, ela fazia suas leituras sozinha. Aparentemente sem fazer escolhas e sem grandes esclarecimentos, ela pegava emprestados todos os livros e revistas literárias que encontrava na hospedaria e na sala de visitas, mas não eram poucos os nomes de novos escritores que ela ia mencionando à medida que lhe vinham à memória. O seu jeito de falar, porém, dava a impressão de que ela tratava de alguma literatura estrangeira distante e soava triste como a vida de um mendigo sem ambições. Shimamura ficou imaginando que as elucubrações sobre a dança ocidental que ele próprio fazia, sustentado por fotos e textos dos livros ocidentais, não eram muito diferentes.

Ela também falava com alegria sobre os filmes e as peças teatrais a que nunca assistira. Com certeza porque ansiava havia meses conversar com alguém sobre tais assuntos. Talvez se esquecendo de que fora a empolgação com histórias como essas que a impulsionara a se jogar para cima de Shimamura naquela ocasião, 199 dias antes, novamente seu corpo parecia se aquecer com suas próprias palavras.

Entretanto, essa sua adoração pelas coisas urbanas agora já parecia um sonho sem nenhuma pretensão, envolto numa dócil resignação. Por isso, em vez de parecerem queixas orgulhosas de alguém que saíra derrotada da capital, a sensação de um trabalho inútil era mais forte. Ela mesma não se mostrava amargurada, mas, aos olhos de Shimamura, causava uma tristeza estranha. Caso ele se afogasse nessa emoção, certamente iria cair num sentimentalismo profundo. Ela, no entanto, tingida pela energia da montanha, estava bem corada diante de seus olhos.

De qualquer maneira, aquilo significava que Shimamura a tinha reconsiderado, mas, tendo ela se tornado uma gueixa, era mais difícil ainda lhe falar com franqueza.

Naquela ocasião, ela estava totalmente embriagada e, com raiva de seu braço adormecido e sem nenhuma coordenação, chegara a mordê-lo com violência, dizendo:

— O que é isso? Que droga! Que droga! Sinto uma moleza no corpo! O que é isso? — Não conseguindo firmar o pé, rolara de um lado para o outro e dissera: — E não seria jamais por receio. Mas eu não sou uma mulher desse tipo. Eu não sou uma mulher desse tipo.

Ao recordar-se das palavras que dissera, a mulher percebeu rapidamente que Shimamura hesitava e, antes que ele se manifestasse, disse:

— Olha, é o trem da meia-noite que vai para Tóquio... — levantou-se bem no momento em que ouviu o apito e, com toda a força, abriu o *shoji* e a vidraça. Como que atirando o corpo no beiral, sentou-se na janela.

O ar gelado entrou impetuoso no quarto. À medida que o trem se distanciava, seu ruído ia se assemelhando ao vento noturno.

— Ei! Que frio! Sua tola! — Shimamura levantou-se e foi até a janela, mas não havia vento.

Era uma paisagem noturna severa, como se o som da neve congelando por toda a superfície soasse das profundezas da terra. Não havia lua. Observando bem, as estrelas, tão numerosas que pareciam irreais, sobressaíam com tamanha nitidez que davam a impressão de caírem vagarosas a ponto de causar solidão. À medida que as constelações se aproximavam dos olhos, o céu ia acentuando cada vez mais sua cor noturna. Já não era mais possível avistar as montanhas fronteiriças que se sobrepunham umas às outras, mas, em compensação, elas descortinavam o peso de sua presença com uma cor negra densa e esfumaçada nas barras do céu estrelado.

Ao sentir que Shimamura se aproximava, a mulher debruçou-se no gradil. Isso não era sinal de fraqueza, mas uma mostra de que não havia maior resistência que aquela diante de tal paisagem noturna. Shimamura pensou estar vendo o mesmo filme.

Embora as montanhas fossem escuras conforme a circunstância, pareciam realmente brancas como a neve, dando-lhes a impressão de serem translúcidas e tristes. Entre o céu e a montanha não havia harmonia alguma.

Shimamura segurou a mulher na altura da garganta.

— Vai se resfriar. Olha como está gelada.

Tentou trazê-la, com força, para dentro. Mas a mulher agarrou-se firme no gradil e, com a voz espremida, disse:

— Vou embora.

— Vá mesmo.

— Deixe-me ficar mais um pouco assim.

— Então, vou aproveitar para tomar um banho.

— Assim não quero. Fique aqui comigo.

— Então feche a janela!

— Deixe-me ficar aqui mais um pouco assim.

Parte da vila estava escondida sob a sombra do bosque de cedros, com sua divindade protetora, mas a lamparina da estação, a menos de dez minutos de carro dali, fazia ecoar um som intermitente, como se fosse quebrar com o frio.

As bochechas da mulher, o vidro da janela e até as mangas do seu quimono acolchoado, tudo o que Shimamura tocou estava gelado, de uma forma que ele nunca sentira antes. Até o tatame sob seus pés começou a gelar. Ao fazer menção de ir ao banho sozinho, a mulher foi logo dizendo:

— Espere, por favor. Eu o acompanho — e ela o seguiu com submissão.

Enquanto a mulher arrumava no cesto as roupas que ele ia tirando, um hóspede entrou, mas, ao perceber a presença dela, que ocultou o rosto no peito de Shimamura, disse:

— Ah! Desculpem-me.

— Não por isso, pode ficar. Nós vamos para o outro — disse Shimamura de imediato. E mesmo despido, foi para a sala de banho feminino ao lado, carregando o cesto. Obviamente a mulher o acompanhou, fazendo-se passar por sua esposa. Em silêncio, Shimamura entrou nas águas termais, sem ao menos olhar para trás. Mais tranquilo, começou a ter um acesso de riso. Pôs a boca debaixo da torneira e gargarejou.

De volta ao quarto, a mulher ergueu de leve a cabeça que havia deitado de lado e, afastando uma mecha de seus cabelos com o dedo mínimo, disse apenas:

— Que tristeza.

Shimamura pensou que a mulher tinha os olhos negros entreabertos, mas conferindo de perto percebeu que seus cílios grossos lhe causaram tal impressão.

Bastante agitada, ela não pregou os olhos a noite toda.

Ao que tudo indica, Shimamura fora acordado pelo som da mulher amarrando o *obi*.

— Desculpe-me tê-lo acordado cedo. Ainda está escuro. Por favor, pode olhar para mim? — disse a mulher, apagando a luz. — Dá para ver o meu rosto ou não?

— Não consigo. Ainda nem amanheceu!

— É mentira! Precisa olhar direito, assim não dá! E então? — a mulher escancarou a janela. — Não tem jeito. Já se pode enxergar, sim. Eu vou embora.

Assustado com o frio do amanhecer, Shimamura ergueu a cabeça do travesseiro e viu que o céu ainda tinha a cor da noite, mas já era manhã nas montanhas.

— É... Não deve ter perigo. Agora os agricultores não estão tão atarefados e não deve haver ninguém circulando tão cedo. Mas será que alguém vai a essa hora para as montanhas? — falava consigo mesma, enquanto andava arrastando o *obi* por amarrar. — Não chegaram hóspedes agora há pouco no trem das cinco, chegaram? O pessoal da hospedaria ainda não deve ter acordado.

Mesmo depois de amarrar o *obi*, a mulher sentava-se, levantava-se e voltava a andar em círculos, olhando a janela. Estava irrequieta como um animal noturno que teme o amanhecer e anda irritado de um lado para o outro. Sua misteriosa natureza selvagem parecia despontar. Nisso, o interior do quarto começou a ficar claro, evidenciando seu rosto avermelhado. Maravilhado diante daquela cor viva que o deixou surpreso, Shimamura disse:

— Seu rosto está vermelho de frio!

— Não é do frio. É que tirei o pó de arroz. Assim que entro debaixo das cobertas, até as pontas dos meus pés ficam aquecidas... — Olhou para o espelho na cabeceira. — Amanheceu... Vou embora.

Shimamura a observou e encolheu os ombros. O espelho brilhava alvíssimo por causa da neve, de onde saltava o rosto vermelho da mulher. Havia uma beleza asseada indescritível naquele contraste.

Talvez pelo raiar do sol, o brilho da neve no espelho era mais intenso, como se ela queimasse gelada. Acompanhando esse movimento, o cabelo da mulher que sobressaía no reflexo da neve também intensificou o preto, que brilhava lilás.

Provavelmente para não deixar a neve acumular, a água quente que saía das banheiras escorria numa vala estreita acompanhando a parede da hospedaria, mas na frente do vestíbulo espalhava-se numa fonte rasa. Um cão *akita*, preto e robusto, deitado na pedra que ficava na porta de entrada, lambia a água quente. O cheiro de bolor, que parecia sair do depósito onde se enfileiravam os esquis para os clientes, adocicava-se com o vapor. E os flocos de neve que caíam dos galhos dos cedros no telhado do banho comunitário se desmanchavam em algo quente.

Logo, no período do final do ano até a entrada do seguinte, aquela rua ficaria coberta pelas nevascas. Seria preciso usar *hakama*[6], botas e mantos, e ainda cobrir a cabeça com um véu, para ir ao salão. A neve chegava nessa época a mais de três metros de altura. Falando sozinho, Shimamura descia a ladeira que, antes do sol raiar, a mulher olhara pela janela da hospedaria, no topo da colina. Sob as fraldas estendidas no varal bem alto ao lado da rua, avistavam-se as montanhas fronteiriças, e o brilho da neve das montanhas era nostálgico. As cebolinhas verdes dos pequenos jardins ainda não haviam sido soterradas pela neve.

Crianças esquiavam nos campos de arroz.

---

6. Roupa semelhante a uma saia-calça larga e comprida. [N.T.]

Ao entrar na vila à beira-estrada, ouviu um som semelhante a uma chuva silenciosa. Pequenas estalactites de gelo nos beirais brilhavam com formosura.

Olhando para o homem que retirava a neve do telhado, uma mulher, ofuscada pelo sol, voltava do banho e enxugava o rosto com uma toalha:

— Escuta, não quer aproveitar para retirar a neve da minha casa também?

Ela provavelmente viera mais cedo àquela região para encontrar trabalho durante a temporada de esqui. A casa vizinha era um café com os desenhos das vidraças envelhecidos e os telhados tortos.

A grande maioria das casas tinha telhados forrados com tábuas finas e pedras enfileiradas por cima. As pedras redondas em meio à neve mostravam só a metade de sua superfície iluminada pelos raios do sol, e sua cor, mais do que úmida, era de um cinza escurecido pela longa exposição ao vento e à neve. As casas tinham uma aparência semelhante àquelas pedras, e a fileira de casas baixas parecia curvar-se imóvel no chão, em arranjo típico do norte.

Um grupo de crianças brincava retirando o gelo das valas e jogando-o na rua. Parecia muito divertido ver seu brilho irradiando-se ao se quebrar vagaroso e espirrar. Em pé sob o sol, Shimamura achou que a espessura daquele gelo parecia irreal e continuou observando-o por algum tempo.

Encostada num muro de pedras, uma menina de treze ou catorze anos tricotava. Vestia um *hakama* e calçava tamancos altos, mas sem meias, e era possível ver as rachaduras nas solas dos pés. Em cima de um feixe de galhos ao lado, uma menina de pouco mais de três anos segurava inocente o rolo de lã. O velho fio de lã cinza que a menina maior puxava da menor também brilhava caloroso.

Da fábrica de esquis, que ficava a sete ou oito casas dali, vinha um barulho de talhadeira. Do outro lado, sob a sombra de um beiral, cinco ou seis gueixas conversavam em pé. Shimamura pensou que Komako — nome artístico que ficara conhecendo graças à empregada da hospedaria naquela manhã — poderia estar por ali; de fato, parecendo perceber que ele se aproximava, seu semblante sério a distinguia das outras. Sem que houvesse tempo para Shimamura pensar que ela ficaria ruborizada, desejando que um vento desinteressado a refrescasse, o rosto de Komako já estava vermelho até o pescoço. Já que era assim, ela deveria ter ficado de costas, mas desviando o olhar, visivelmente incomodada, movia aos poucos o rosto na direção em que ele andava.

Shimamura também parecia ter o rosto em chamas. Ao apressar os passos, Komako veio logo atrás.

— Me deixou sem jeito, passando por ali.

— Você ficou sem jeito? Eu é que fiquei! Com todas elas juntas, foi de dar medo passar ali. Sempre ficam lá, assim?

— É... Geralmente à tarde...

— Pior ainda se você cora ou vem atrás de mim às pressas!

— Não me importo — disse claramente e, corando de novo, parou ali, agarrada a um pé de caqui no meio-fio. — Pensei em convidá-lo para ir lá em casa e por isso vim correndo.

— Sua casa fica por aqui?

— Fica.

— Se vai me mostrar seus diários, posso dar uma passada.

— Só vou morrer depois de queimá-los.

— Na sua casa não há alguém doente?

— Como está bem informado!

— Ontem à noite você foi à estação para buscá-lo, não foi? Vestia um manto azul-escuro... Eu vim naquele trem, sentado bem próximo dele. Estava acompanhado por uma moça que o tratava com grande delicadeza, muito atenciosa... Ela é a esposa? Ou uma pessoa que foi daqui para buscá-lo? É alguém de Tóquio? Ela agia como uma mãe e eu fiquei muito impressionado.

— Por que não me contou isso na noite passada? Por que ficou quieto? — alterou-se Komako.

— É esposa dele?

Ela não respondeu à pergunta, mas disse:

— Por que não me falou a respeito na noite passada? O senhor é muito estranho!

Shimamura não apreciava essa rispidez da mulher. No entanto, como pensava não haver motivos para que, seja da parte dela ou da dele, ela se mostrasse assim áspera, considerou aquilo uma demonstração de sua natureza. De qualquer maneira, sendo assim interrogado, teve a impressão de ser atingido em seu ponto fraco. É claro que naquela manhã, ao ver Komako no espelho que refletia a neve da montanha, Shimamura havia se lembrado da moça refletida no vidro da janela do trem ao entardecer. Mas por que não teria dito isso a Komako?

— Não tem importância que aqui haja um enfermo. Ninguém sobe ao meu quarto — disse Komako. E entrou numa casa com um muro baixo de pedra.

Do lado direito havia uma plantação coberta de neve e, à esquerda, vários pés de caqui enfileirados rente às paredes das casas vizinhas. Na frente da casa, parecia haver uma plantação de flores, com um pequeno lago de lótus ao centro exibindo carpas vermelhas, sob a camada de gelo que o cobriu. Assim como os troncos dos pés de caqui, as casas também se deterioravam de tão velhas. Os telhados cobertos de montes esparsos de neve tinham as tábuas podres, com ondulações nos beirais.

Na entrada de chão batido fazia um frio cortante. Shimamura foi conduzido a uma escada antes mesmo de seus olhos se acostumarem à escuridão. O quarto do andar superior ficava literalmente no sótão.

— Aqui era o quarto onde ficavam os bichos-da-seda. Ficou surpreso?

— Como é que você não cai dessa escada quando volta embriagada para casa?

— Sem dúvida que poderia cair. Mas, quando bebo demais, entro debaixo do edredom do *kotatsu* do andar inferior e acabo dormindo lá mesmo — disse Komako. Experimentou pôr a mão dentro do acolchoado do *kotatsu* e desceu para buscar carvão.

Shimamura analisou aquele quarto estranho. Havia uma única janela baixa voltada para o sul, mas a porta corrediça com treliças miúdas de madeira tinha acabado de ser revestida com papel novo e os raios do sol incidiam claros. Papéis Japão também foram cuidadosamente colados nas paredes, e a sensação era de se estar dentro de uma velha caixa de papel. Acima da cabeça via-se o telhado, inclinado na direção da janela, dando a impressão de que se estava coberto por uma solidão escura. Ao pensar no que haveria do outro lado da parede, Shimamura teve uma sensação incômoda, como se aquele quarto estivesse suspenso no espaço, parecendo um tanto inseguro. Entretanto, apesar de velhos, as paredes e o tatame eram extremamente limpos.

Shimamura imaginou Komako como um bicho-da-seda, vivendo ali com seu corpo translúcido.

No *kotatsu*, havia um acolchoado de algodão listrado igual ao do *hakama*. O armário era velho, mas feito de uma madeira fina e cortes retos — talvez, uma lembrança da vida de Komako em Tóquio. Contrastando, havia uma penteadeira barata, enquanto a caixa de costura vermelha mostrava um brilho luxuoso de laca de boa qualidade. As tábuas pregadas em degraus na parede, atrás de uma cortina de merino, pareciam uma estante de livros. O quimono, usado no salão na noite anterior, estava pendurado na parede, deixando entrever uma roupa de baixo vermelha.

Trazendo um braseiro, Komako subiu a escada com agilidade.

— É do quarto do doente, mas não se preocupe, falam que o fogo é imaculado — disse. Protegendo o penteado que acabara de fazer, revolveu as cinzas do aquecedor e contou que o filho da professora de música estava com tuberculose intestinal e retornara à sua terra natal para morrer.

Embora considerasse assim, o filho da professora não nascera ali. Aquela era a vila onde nascera sua mãe. Esta, depois de abandonar os serviços de gueixa numa cidade portuária, trabalhou por algum tempo como professora de dança, mas teve um derrame antes dos cinquenta anos e retornou àquelas termas também para convalescer da doença. O filho gostava de máquinas desde pequeno e, por trabalhar numa relojoaria, ela o deixara no porto, mas logo depois ele se mudara para Tóquio, onde estudava à noite. Deve ter exagerado. Estava com vinte e seis anos.

Komako falou tudo isso de um só fôlego, mas nada mencionou sobre quem era a moça que trouxera o rapaz de volta e por que ela mesma morava naquela casa.

Mesmo assim, Shimamura não conseguia ficar tranquilo ao pensar que, naquele quarto que parecia suspenso no espaço, a voz de Komako seria ouvida pelos quatro cantos da casa.

Na saída, percebeu algo branco à porta e olhou para trás: era um *shamisen* de paulównia. Pareceu-lhe um pouco mais largo e comprido que o normal, e enquanto pensava que parecia mentira que ela o carregava para o salão, a porta corrediça se abriu:

— Koma-chan[7], posso passar por cima?

Era uma voz bela que se elevava límpida, a ponto de parecer triste. Tinha-se a impressão de que produziria eco.

Shimamura lembrava-se de já tê-la ouvido. Era a voz de Yoko, que chamara o chefe da estação no meio da neve pela janela do trem noturno.

— Pode sim — respondeu Komako. E Yoko, vestida de *hakama*, passou por cima do *shamisen*, carregando uma comadre de vidro.

Pelo jeito familiar de falar com o chefe da estação na noite anterior e pela maneira de vestir o *hakama*, percebia-se que Yoko era da região. O *obi* berrante aparecia um pouco sobre o *hakama* e as listras grossas de algodão marrom e preto

---

7. *Chan* é uma forma afetiva de tratamento no Japão. [N.T.]

sobressaíam claramente, deixando transparecer com sensualidade a longa barra de merino. A costura do *hakama*, um pouco acima dos joelhos, deixava a roupa levemente bufante, e apesar de o algodão duro parecer firme, a sensação que se tinha era de suavidade.

Yoko, porém, lançou um olhar rápido para Shimamura e, sem dizer nenhuma palavra, atravessou a sala de chão batido.

Mesmo depois de deixar a casa, Shimamura continuava sentindo o olhar de Yoko ardendo diante dele. Era um olhar frio como uma chama longínqua, pois ele se lembrava de que, enquanto olhava o reflexo do rosto de Yoko no vidro da janela do trem, as chamas das montanhas e das matas passavam pelo outro lado do rosto dela e que, quando uma daquelas chamas sobrepôs-se à sua pupila formando uma claridade flamejante, Shimamura tremeu diante de sua beleza inexprimível. Ao recordar-se disso, lembrou-se também da face vermelha de Komako, que surgira no meio da neve tomando todo o espelho.

Apressou os passos. Apesar de suas pernas brancas e roliças, Shimamura, um apreciador de escaladas, sentiu-se disperso enquanto deliciava-se nas montanhas e, sem se dar conta, andava mais rápido. Para alguém tão distraído quanto ele, era inacreditável que o espelho do crepúsculo e o espelho da manhã de neve tivessem sido criados artificialmente. Eram obras da natureza e parte de um mundo distante.

Até mesmo o quarto de Komako, do qual acabara de sair, pareceu-lhe coisa desse mundo distante. Surpreso consigo mesmo, seguiu ladeira acima até o topo e encontrou uma

massagista cega que andava por ali. Como se se agarrasse em alguma coisa, disse:
— Será que poderia me fazer uma massagem?
— Deixe-me ver. Que horas são? — disse ela, segurando a bengala de bambu debaixo do braço. Com a mão direita, retirou de dentro do *obi* um relógio de bolso com tampa e, tateando o mostrador com os dedos da mão esquerda, disse:
— São duas e trinta e cinco, não é mesmo? Às três e meia preciso estar no outro lado da estação, mas acho que não será um problema me atrasar um pouco.
— É impressionante como lê as horas.
— É que o vidro foi removido e posso sentir os ponteiros.
— Sabe os números pelo tato?
— Não conheço os números — retirou novamente o relógio de prata, um pouco grande para mulheres, e abriu novamente a tampa, mostrando com o dedo onde era meio-dia, seis horas e bem no meio dos dois, três horas, e assim por diante. — Fazendo as divisões a partir disso, posso não saber o minuto exato, mas a margem de erro não chega a dois minutos.
— É mesmo? E a ladeira, não é escorregadia?
— Quando chove, minha filha vem me buscar. À noite, faço massagens nas pessoas da vila e não subo mais para estes lados. A empregada da hospedaria sempre brinca dizendo que é porque meu marido não deixa, imagine só!
— Seus filhos já são grandes?
— Sim, minha filha mais velha tem treze anos — e continuou a falar até chegar ao quarto. Ela massageou-o por

algum tempo calada, mas inclinou a cabeça em direção ao som do *shamisen* que vinha de um salão ao longe.
— Qual delas será...
— A senhora sabe qual gueixa está tocando só pelo som do *shamisen*?
— Algumas eu reconheço, outras não. Patrão, o senhor tem uma posição social muito boa e um físico bastante maleável, não?
— Não é rígido?
— É um pouco rígido nos nervos do pescoço. Tem medidas boas para o seu porte... Não é de beber, certo?
— Como sabe?
— Três clientes meus têm exatamente o mesmo físico do senhor.
— Se bem que o meu porte é muito comum.
— Como posso dizer... Quando não se bebe, nada é realmente interessante. Acaba-se esquecendo de tudo.
— Seu esposo bebe?
— Bebe e é terrível.
— Não sei quem é, mas essa moça toca mal o *shamisen*, não?
— Muito mal.
— A senhora também toca?
— Toquei dos nove aos vinte anos. Mas já faz quinze anos que não toco, desde que me casei.
Shimamura ficou pensando se os cegos aparentavam ser sempre mais jovens do que realmente eram e disse:
— Com certeza praticou quando era criança.
— Minhas mãos tornaram-se massageadoras por completo, mas os ouvidos continuam afinados. Quando ouço o

shamisen das gueixas, fico entediada e tenho a impressão de ouvir a pessoa que eu era antigamente. — E outra vez aguçando os ouvidos: — Será que é a menina Fumi da Casa Izutsu? É fácil reconhecer a mais e a menos talentosa entre todas.

— Tem alguém que toca bem?

— A menina Komako ainda é jovem, mas melhorou muito ultimamente.

— É mesmo?

— Então o senhor a conhece? Bom, eu digo que toca bem, mas para os padrões de um lugar como este, no meio das montanhas...

— Não, não a conheço, mas vim no trem de ontem à noite, o mesmo no qual o filho da professora voltou.

— Ah... Ele está melhor?

— Não parecia bem...

— O quê? Pelo que soube, aquela moça chamada Komako tornou-se gueixa no verão passado para ajudar a pagar o hospital, por causa da doença prolongada desse rapaz em Tóquio. Mas o que terá acontecido?

— Komako?

— Eles eram noivos apenas, mas quando se faz todo o possível por alguém, sente-se melhor depois...

— Noivos? Isso é mesmo verdade?

— Sim. Dizem que ela é noiva dele. Eu não sei, mas são os boatos...

Era até comum ouvir a história de uma gueixa contada por uma massagista na hospedaria das termas, mas, mesmo assim, ele ficou surpreso. Também era um enredo trivial demais Komako ter-se tornado gueixa por causa do noivo. Por isso, Shimamura não conseguia acreditar em nada daquilo. Talvez porque ele tivesse encarado o fato de um modo moralista demais.

Ele teve vontade de se aprofundar na história, mas a massagista calou-se.

Se Komako era a noiva do rapaz e Yoko a nova namorada, e ainda, se ele ia morrer, novamente a expressão "esforço em vão" veio à mente de Shimamura. O compromisso que Komako firmara com o noivo, o tratamento médico a que o submetera sacrificando a si mesma e tudo o mais, só poderiam ser mesmo esforços em vão.

Ao pensar em jogar na cara de Komako, quando a encontrasse, que tudo aquilo tinha sido em vão, Shimamura começou a sentir que a existência dela era ainda mais pura.

Um perigo desonroso pairava nesse falso estado de anestesia. Shimamura, saboreando-o em silêncio, continuou deitado mesmo depois que a massagista se foi. Somente quando sentiu o peito gelar até as entranhas, percebeu que a janela estava escancarada.

Os desfiladeiros escureciam mais cedo e já descortinavam uma paisagem do entardecer dominado pelo frio. Devido à penumbra, as montanhas distantes que ainda brilhavam com o sol poente incidindo sobre a neve pareciam se aproximar ligeiramente.

Logo as sombras formadas pelas diversas nervuras das montanhas se acentuariam de acordo com sua distância e altura, e quando apenas os picos estivessem iluminados pela luz tênue do sol avistar-se-ia o céu em arrebol sobre a neve dos cumes.

As margens dos rios da vila, a estação de esqui, os santuários, as árvores de cedro espalhadas aqui e ali começaram a se sobressair em tom escuro.

Shimamura estava exposto a uma melancolia solitária quando Komako entrou como se uma luz calorosa se acendesse.

Naquela hospedaria acontecia uma reunião para preparar a recepção aos esquiadores. Ela dizia ter sido chamada para a festa após a reunião. De repente, depois de acomodar-se no *kotatsu*, começou a alisar o rosto de Shimamura:

— O senhor está pálido esta noite. É estranho. — Segurou a carne daquela face macia, como se a espremesse. — É um tolo!

Já parecia um pouco embriagada. E quando apareceu depois da festa:

— Não sei. Não quero saber. Que dor de cabeça, que dor de cabeça. Ai, que aflição! Que aflição! — e curvou-se sobre a penteadeira, deixando transparecer a embriaguez de maneira cômica. — Quero água! Dê-me água!

Segurou o rosto com as duas mãos e, sem se importar com o penteado que se desmanchava, ficou ali caída. Depois, sentou-se endireitando a postura, retirou a maquiagem com um creme e seu rosto vermelho ficou totalmente exposto, fazendo-a rir de si mesma. A embriaguez passou de forma surpreendentemente rápida. E ela começou a tremer de frio.

Depois, com a voz suave, pôs-se a falar que passara o mês de agosto prestes a ter um colapso nervoso.

— Achei que iria enlouquecer. Ficava absorta por completo, mas não sabia ao certo com o quê. Não dá medo? Não conseguia dormir nem um pouco e só me controlava quando atendia os clientes. Tive todo tipo de sonho. Nem conseguia comer direito. Nos dias quentes, ficava um bom tempo espetando a agulha de costura no tatame.

— Quando foi que se tornou gueixa?
— Em junho. Sabia que a essa altura eu poderia estar em Hamamatsu?
— Formando uma família?
Komako fez que sim. Disse que um homem de Hamamatsu insistiu para que se casasse, mas ela foi incapaz de gostar dele e ficou em dúvida.
— Não há porque hesitar em relação a alguém de quem não se gosta, há?
— Não é tão simples como parece.
— O casamento tem tanto poder assim?
— Não seja desagradável! Não é isso, mas eu não consigo relaxar se não estiver com a situação definida.
— Hã...
— O senhor é muito inconveniente, sabia?
— Afinal, aconteceu algo entre você e esse homem de Hamamatsu?
— Se tivesse acontecido, acha que eu teria tido alguma dúvida? — disse Komako. — Mas ele disse que não me deixaria casar com ninguém enquanto eu estivesse aqui e que faria de tudo para impedir.
— Estando ele num lugar tão longe como Hamamatsu, você ainda se preocupou com isso?
Komako calou-se por algum tempo e continuou deitada, imóvel, como se saboreasse o calor de seu corpo. Mas falou sem nenhuma pretensão.
— Eu achei que estivesse grávida. Pensando agora, é engraçado — riu de modo contido e, retraindo o corpo, segurou no colarinho de Shimamura com as duas mãos, como se fosse uma criança.

Seus cílios grossos unidos pareciam novamente mostrar os olhos negros semicerrados.

Na manhã seguinte, quando Shimamura despertou, Komako já fazia rabiscos no verso de uma revista velha, apoiando o cotovelo no braseiro.

— Sabe? Não posso mais ir embora. A empregada veio acender o fogo e, que vergonha, acordei num sobressalto, quando o sol já batia no *shoji*. Como estava embriagada ontem à noite, acabei pegando no sono.

— Que horas são?

— Já são oito.

— Vamos tomar banho? — levantou-se Shimamura.

— Não quero, pois posso encontrar pessoas no corredor — mostrou-se bastante reservada. Quando Shimamura retornou do banho, ela limpava o quarto com esmero, com uma toalha enrolada na cabeça.

Tinha até polido as pernas da mesa e a borda do braseiro. Parecia acostumada a lidar com brasa.

Shimamura entrou no *kotatsu* e, deitado à vontade, derrubou as cinzas do cigarro. Komako rapidamente as limpou com um lenço e lhe trouxe um cinzeiro. Shimamura estampou um sorriso matinal. Komako também sorriu.

— Se você tivesse um marido, ele iria levar bronca o tempo todo, não é?

— Eu estou lhe dando alguma bronca, por acaso? Todo mundo caçoa de mim, dizendo que eu dobro até mesmo as roupas que serão lavadas, mas é da minha natureza, sabe?

— Dizem que olhando o armário de uma mulher descobre-se tudo sobre ela.

Eles tomavam o café da manhã aquecidos pelo sol matutino que preenchia o quarto.

— Que dia bonito! Deveria ter ido logo embora para praticar *shamisen*. Em dias assim, o som é diferente.

Komako olhou para o céu límpido.

As montanhas ao longe estavam envolvidas num creme suave, como se a neve as esfumaçasse.

Lembrando-se das palavras da massagista, Shimamura disse que ela poderia ensaiar ali mesmo. Komako, então, logo se pôs em pé e telefonou para casa pedindo que lhe trouxessem o livro de *nagauta*[8] e umas mudas de roupa.

Ao pensar que na casa visitada no dia anterior havia um telefone, novamente os olhos de Yoko vieram à lembrança de Shimamura.

— É aquela moça quem vai lhe trazer?

— Pode ser.

— Você é mesmo a noiva daquele rapaz?

— Como?! Quando foi que ouviu isso?

— Ontem.

— O senhor é esquisito! Já que soube disso ontem, porque não me disse? — desta vez deu um sorriso largo, diferentemente da tarde do dia anterior.

— Como me importo com você, é constrangedor conversar sobre essas coisas.

---

8. Canto acompanhado por *shamisen*, iniciado na região de Kyoto por volta de 1648-1652, herdando a métrica do poema longo clássico que possuía mais de sete estrofes, nas quais cada verso é composto por cinco e sete sílabas ou sete e cinco sílabas, ou ainda por quatro e seis sílabas, terminando geralmente com sete e sete sílabas. [N.T.]

— Por que diz o que não sente? As pessoas de Tóquio são mentirosas e por isso as detesto.

— Veja só! Começo a falar e você desvia do assunto!

— Não estou desviando. E o senhor, acreditou?

— Acreditei.

— Está mentindo de novo! Na verdade, não acreditou!

— É claro que não pude acreditar em tudo. Mas, como disseram que você se tornou gueixa a fim de ganhar dinheiro para ajudar no tratamento...

— Que desagradável! Isso parece história de teatro novo! É mentira que sou noiva. Parece que muita gente pensa isso. Não me tornei gueixa por causa de ninguém, mas preciso fazer o que é necessário.

— Você só fala com enigmas.

— Vou ser clara, então. Sabe, parece ter havido uma época em que a professora achou ser bom que seu filho e eu ficássemos juntos, mas, se isso foi mesmo verdade, não passou de um desejo, pois ela jamais mencionou algo. Tanto eu quanto ele sabíamos desse seu desejo oculto, mas nunca sentimos nada um pelo outro. Foi só isso que aconteceu.

— São amigos de infância, então.

— Sim, mas levamos nossas vidas separadamente. Quando fui enviada a Tóquio para ser gueixa, ele foi o único a ir se despedir de mim. Isso está escrito nas páginas iniciais do meu diário mais antigo.

— Se ambos tivessem permanecido no porto, talvez estivessem casados agora...

— Acho que isso não teria acontecido.

— É mesmo?

— O senhor não precisa se preocupar com ele. Logo irá morrer.

— Então não é bom você passar a noite fora de casa...

— Não tem o direito de me falar uma coisa dessas. Por que uma pessoa que está para morrer iria me impedir de fazer o que quero?

Shimamura ficou sem resposta.

Por que razão, no entanto, Komako não mencionava uma única palavra sobre Yoko?

Por sua vez, o que Yoko sentiria ao trazer pela manhã mudas de roupa para Komako, que tinha alguma relação com o homem doente, tratado por ela no trem como se fosse uma mãe precoce?

Enquanto Shimamura fantasiava coisas como de costume, ouviu a bela voz de Yoko que, mesmo baixa, soava límpida, chamando:

— Koma-chan! Koma-chan!

— Sim... Muito obrigada. — Komako levantou-se e foi para a sala contígua de três tatames. — Foi você, Yoko, que veio me trazer? Nossa! Tudo isso! Esse peso todo!

Yoko foi embora imediatamente, sem dizer nada.

Assim que Komako tocou a terceira corda do *shamisen*, ela partiu-se. Depois de trocá-la, afinou o instrumento. Nesse ínterim já foi possível notar sua destreza com o som. Ao abrir o pacote que estava sobre o *kotatsu*, viu que além dos livros de exercícios comuns havia cerca de vinte exemplares de partituras de *bunka shamisen* de Kineya Yashichi.[9] Shimamura pegou-os, surpreso:

---

9. Instrumentista de *shamisen nagauta* (1890-1942). Em 1921, escreveu partituras para *shamisen* e no ano seguinte abriu uma escola desse instrumento. [N.T]

— Praticava com este material?
— É que aqui não havia professores! Não tinha jeito!
— Tem uma professora em casa, não tem?
— Ela sofreu derrame cerebral.
— Mesmo assim, ela pode falar.
— Nem falar ela conseguia. A dança, ela ainda podia corrigir com a mão esquerda, que funcionava, mas ao tocar o *shamisen*, só produzia ruídos.
— Consegue entender essas partituras?
— Entendo bem.
— O autor ficaria muito feliz se soubesse que uma gueixa de verdade, não uma simples amadora, pratica o *shamisen* com suas partituras aqui nessas montanhas tão longínquas.
— As aprendizes de gueixa concentram-se mais na dança, e em Tóquio foi o que mais pude praticar. Aprendi o *shamisen* apenas de ouvido, e caso esquecesse a música ninguém mais a recapitularia para mim; por isso, meu apoio era a partitura.
— E o canto?
— Não gosto de cantar. As músicas que me acostumei a ouvir durante as aulas de dança até eram boas, mas só ouvia as novas pelo rádio ou me lembrava das que tinha ouvido em algum lugar e não as conhecia direito. Meu estilo amadorístico acabava transparecendo e ficava esquisito. Além do mais, minha voz some diante dos conhecidos. Na presença de estranhos, conseguiria cantar em voz alta... — disse um pouco encabulada, e, com pose de quem esperava cantar para ele, olhava para Shimamura.

Shimamura, surpreso, ficou sem ação.

Ele havia crescido no centro comercial de Tóquio e,

ao mesmo tempo que se familiarizava desde cedo com o teatro kabuki e a dança japonesa, aprendeu as letras de *nagauta* de ouvido, sem tê-las estudado. Ao se falar em *nagauta* lembrava-se logo dos palcos de dança e não dos salões com gueixas.

— Que horror! O cliente que mais me deixa tensa! — disse Komako, mordendo de leve os lábios, mas, ao posicionar o *shamisen* sobre os joelhos, ela parecia ter se tornado outra pessoa, e abriu o livro de exercícios sem relutar. — Nesse outono, pratiquei com a partitura.

Ela se referia ao *Kanjincho*.[10]

Nesse instante, Shimamura sentiu um friozinho e ficou arrepiado do rosto à barriga. O som do *shamisen* preencheu sua mente, que fora esvaziada sem compaixão. Em vez de surpreso, ele se sentiu arrebatado. Fora tocado pela devoção, fora lavado pelo remorso. Estava simplesmente impotente e sem outro recurso senão o de se entregar, ficando à mercê das forças de Komako.

Um *shamisen* tocado por uma gueixa interiorana de cerca de vinte anos deveria ser previsível, e embora estivesse numa sala, ela tocava como se fosse num palco. Shimamura tentou pensar que aquilo não passava de sensações que baixavam lá da montanha. Komako, de propósito, lia simplesmente a letra, ia mais devagar em determinado trecho, pulava outro por preguiça, mas sua

---

10. A mais recente peça teatral de dança com *nagauta* dentre os dezoito números de kabuki. De autoria de Namiki Gohei (terceira geração), com música de Kineya Rokusaburo (quarta geração), foi encenada pela primeira vez em 1840 e, na época de Matsumoto Kojiro (sétima geração), transformou-se em peça e música da moda. É conhecida como uma das melhores músicas de *nagauta*. [N.T.]

voz foi se elevando como se estivesse cansada. Shimamura teve medo de saber até onde o som do plectro ecoaria límpido e fez pose, deitando-se com a cabeça apoiada no cotovelo.

Quando ela terminou o *Kanjincho*, Shimamura sentiu-se aliviado e pensou: "Oh, esta mulher está apaixonada por mim", e isso o desagradou ainda mais.

— Em dias como este, o som fica diferente. — Não era à toa que, olhando para o céu limpo de neve, Komako dizia isso. O ar é diferente. Sem as paredes do teatro, sem uma plateia e nem a poeira da cidade, o som ecoava límpido pela manhã pura de inverno, chegando em linha reta até as longínquas montanhas cobertas de neve.

Por ter costume de praticar sozinha, tendo a grandiosa natureza dos desfiladeiros por espectadora, era natural que colocasse força no plectro mesmo sem o perceber. Sua solidão quebrava a melancolia de modo a abrigar uma força selvagem. Mesmo tendo um pouco de conhecimento, foi-lhe necessária muita força de vontade para estudar sozinha aquelas partituras complexas até decorar as músicas e conseguir tocar de cor.

O modo de vida de Komako — que parecia a Shimamura um triste esforço em vão, ou ainda uma aspiração distante, digna de compaixão — certamente transparecia límpido no som do plectro, demonstrando seu próprio valor.

Os toques habilidosos de uma mão minuciosa não eram reconhecidos pelo ouvido de Shimamura, que apenas sentia o som, sendo um espectador adequado para Komako.

Ela começou a tocar a terceira música, chamada *Miyako-dori*.[11] Talvez pela suavidade erótica da canção, Shimamura já não sentia mais arrepios. Acalmou-se calorosamente e olhou para o rosto de Komako. Sentiu uma intensa atração física por ela tomar conta de seu corpo.

Seu nariz fino e saliente tinha mesmo um jeito um tanto solitário, mas as bochechas coradas estavam repletas de vida e pareciam sussurrar: "Estamos aqui também." Aqueles belos lábios rosados, ainda que fechados como um botão, pareciam se mover úmidos em direção à luz que se refletia neles. Mesmo ao se entreabrirem na hora de cantar, logo se contraíam com formosura, parecendo reproduzir o corpo atraente da mulher. Sob as sobrancelhas levemente caídas e o canto dos olhos que não formavam uma linha nem ascendente nem descendente, os olhos delineados numa linha reta proposital agora brilhavam úmidos e pareciam ingênuos. Sua pele sem pó de arroz, com o frescor de um bulbo de lírio ou de cebola descascada, mais alva ainda por ter ela trabalhado na cidade grande, estava tingida pela cor da montanha, levemente corada pelo sangue que subia até o pescoço. Acima de tudo, era asseada.

Estava sentada em posição formal, mas mais do que nunca parecia menina.

Por fim, olhando a partitura, tocou *Urashima*[12], uma canção de estilo novo, dizendo ser a música que estava

---

11. Música de *nagauta* composta por Kineya Katsusaburo (segunda geração). Traz o sentimento entre homem e mulher sob a paisagem do rio Sumida, na passagem da primavera para o verão. [N.T.]

12. Peça teatral de autoria de Tsubouchi Shoyo, baseada na lenda de Urashima Taro, cuja introdução foi transformada em *nagauta* composta por Kineya Kangoro (quinta geração) e Kineya Rokuzaemon (décima sexta geração). A primeira exibição ocorreu em 1906. [N.T.]

ensaiando; depois, em silêncio, prendeu o plectro sob a corda e relaxou a postura.

Derramou-se repentinamente em sedução.

Shimamura ficou sem palavras, mas Komako não mostrava nenhuma preocupação com as críticas dele e divertia-se de forma destemida.

— Consegue discernir qual das gueixas está tocando apenas pelo som do *shamisen*?

— É claro que sim, pois não chegam a vinte. Quando tocam o *dodoitsu*[13] é fácil saber, pois a garota mostra seus vícios.

Pegando novamente o *shamisen*, arrastou a perna direita ainda dobrada e apoiou o corpo do instrumento na panturrilha, enquanto relaxava o quadril para o lado esquerdo e endireitava o corpo para o lado direito.

— Quando era pequena, aprendi a segurar deste jeito, sabe? — Observou o braço do instrumento e cantou de modo infantil, tocando algumas notas: — Ca-be-los-ne-gros...

— *Cabelos negros*[14] foi a primeira que aprendeu?

— Não — disse, balançando a cabeça como devia fazer quando criança.

---

13. Música cuja letra é constituída de 26 sílabas, e que canta o amor entre homem e mulher usando termos populares. [N.T.]

14. Música curta que se estuda no início da aprendizagem de *nagauta*. Utiliza a cena da princesa Tatsu, filha de Ito Sukechika, que entrega o amor de Yoritomo a Masako e arde de ódio enquanto penteia seus cabelos, na peça *Oakinai Hirugakojima* (1784). A letra narra o desespero da mulher que dorme sozinha. Há ainda uma outra música composta pelo primeiro grão-mestre Koide Ichijuro. [N.T.]

Desde então, quando passava a noite com Shimamura, Komako não tentava mais ir embora antes do amanhecer.

Brincava sem receio com a filha de três anos do dono da hospedaria, que a chamava lá de longe do corredor, acentuando a entonação no final: — Komako-chan! —, ora colocando-a no *kotatsu*, ora indo ao banho de imersão com a menina.

Enquanto penteava os cabelos dela após o banho, dizia:

— É só essa menina ver uma gueixa que a chama de Komako-chan, elevando a entonação no final. Seja foto ou desenho, se a mulher estiver com o penteado tradicional japonês, diz que é Komako-chan. Como gosto de crianças, dou-me muito bem com Kimi-chan! Vamos passear na casa de Komako-chan, está bem? — levantou-se, mas de novo acomodou-se na cadeira de galhos de glicínias: — Olha só, são os apressadinhos de Tóquio... Já estão esquiando...

O quarto ficava no alto, com vista para a pista de esqui no sopé da montanha ao sul.

Sentado no *kotatsu*, Shimamura observava. A neve ainda cobria a encosta de modo disperso, e cinco ou seis pessoas com roupas de esqui pretas desciam pela pista ao sopé. Os caminhos em degraus entre as plantações ainda não estavam cobertos de neve e nem tinham tanta inclinação, de modo que não havia muita graça.

— Parecem estudantes, não? Hoje é domingo? Será que estão se divertindo?

— Estão esquiando de forma correta — disse Komako consigo mesma. — Os clientes demonstram surpresa quando são cumprimentados pelas gueixas e custam a reconhecê--las, dizendo: "Ah, é você?" Eles não percebem, pois estamos queimadas de sol. À noite sempre estamos maquiadas.

— Vocês também usam roupas de esqui?

— Usamos *hakama*. Ah, como é desagradável a estação de esqui. No salão, eles já vêm dizendo que querem nos ver no dia seguinte, na pista de esqui... Acho que vou desistir de esquiar este ano. Não dá. Vamos lá, Kimi-chan? Hoje à noite vai nevar... A noite que antecede a neve é sempre gelada, sabia?

Sentado na cadeira de galhos de glicínia, Shimamura ainda pôde vê-la indo embora, puxando Kimiko pela mão.

Nuvens surgiram. As montanhas que estavam na sombra e as que ainda recebiam a luz do sol se sobrepunham, e a alteração gradativa de sombras e luzes proporcionava uma paisagem levemente fria. Logo depois, a pista de esqui também começou a escurecer. Olhando-se para o horizonte abaixo da janela, viam-se colunas de gelo semelhantes a gelatina nas cercas de crisântemos secos. No entanto, o som da calha escoando o degelo da neve não cessava.

Naquela noite não nevou; depois de ter caído granizo, choveu.

Na noite anterior à sua partida, uma noite clara e iluminada pela lua, depois que o ar esfriou sobremaneira, Shimamura chamou Komako mais uma vez, e embora fossem quase onze horas, ela insistia em fazer um passeio a pé. Arrancou-o de dentro do *kotatsu* de modo bastante áspero e o obrigou a sair.

A rua estava congelada. A vila adormecia em silêncio sob o ar gélido. Komako levantou a barra do quimono, prendendo-a no *obi*. A lua brilhava como o azul de uma lâmina petrificada pelo frio.

— Vamos até a estação.

— Você está doida! São quase quatro quilômetros de ida e volta.

— Já está de partida para Tóquio, não é mesmo? Vamos ver a estação, então.

Dos ombros às coxas o corpo de Shimamura ficara entorpecido pelo frio.

Voltando ao quarto, Komako entristeceu de repente, colocou os braços bem no fundo do *kotatsu* e, cabisbaixa, nem foi ao banho com ele, coisa que nunca acontecera.

Um leito havia sido preparado de modo a que o acolchoado que servia para forrar o tatame e o acolchoado servindo de coberta ficassem encostados ao do *kotatsu*, mas Komako continuou se aquecendo de lado, muda e cabisbaixa.

— O que foi?

— Vou embora.

— Não diga tolices!

— Pode deixar. Durma. Quero ficar aqui quieta.

— Por que quer ir embora?

— Não, não vou embora. Vou ficar aqui sentada até clarear.

— Que coisa mais sem graça, não me maltrate.

— Não estou maltratando coisa alguma. Imagine se vou maltratá-lo.

— Então...

— Não... Não... Estou angustiada.

— Ah, então é isso? Não vou incomodá-la nem um pouco — riu Shimamura. — Vou ficar quieto.

— Não quero.

— E você é uma tola. Andando daquele jeito desvairado.

— Vou embora.

— Não precisa ir.

— Que sofrimento para mim. Olha, vá logo embora para Tóquio. Que sofrimento! — Komako abaixou o rosto sobre o *kotatsu*.

Esse sofrimento seria causado pelo envolvimento exagerado com um viajante? Ou, naquele momento, tratava-se de uma sensação de impotência suportada em silêncio? O sentimento da mulher já chegava a tal ponto? Shimamura ficou calado por alguns instantes.

— Por favor, volte para Tóquio...

— Na verdade, estou pensando em partir amanhã.

— Ora, por que vai embora? — Komako ergueu o rosto como se despertasse de um sono profundo.

— Não importa quanto tempo fique, nada posso fazer por você, não é verdade?

Ela olhava Shimamura de modo vago, quando, subitamente, estourou num tom violento:

— Esse é o seu erro, entende? Esse é o erro! — levantou-se irritada e agarrou-se repentinamente ao pescoço de Shimamura, bastante alterada. — Não devia falar essas coisas, entendeu? Levante-se! Estou dizendo para se levantar — esbravejou, mas foi ela quem caiu sem forças, e fora de si, esqueceu-se até mesmo do mal-estar.

Mais tarde, ao abrir os olhos quentes, cheios de lágrimas, disse com serenidade:

— Vá mesmo embora amanhã, está bem? — Depois, prendeu os cabelos.

Shimamura resolveu partir às três horas da tarde do dia seguinte. Quando trocava o quimono por roupas ocidentais, o gerente da hospedaria chamou Komako para conversar no corredor. Ouviu-a respondendo que calculasse em torno de onze horas de honorários, talvez porque o gerente tivesse achado que dezesseis ou dezessete horas fossem demais.

Olhando a conta, viu que tudo estava minuciosamente calculado em horas: constava cinco horas da manhã quando partira nesse horário, e meio-dia quando ficara até o meio-dia, exceto os extras habituais calculados para a noite.

Komako pôs um cachecol branco por cima do sobretudo e foi acompanhá-lo até a estação.

Mesmo depois de Shimamura comprar alguns suvenires, conservas do fruto de *silvervine* e enlatados de cogumelos *nameko*, enquanto esperavam o horário de partida ainda sobravam-lhe vinte minutos. Olhava ao redor, pensando em como aquele era um lugar pequeno e cercado nos quatro lados por montanhas cobertas de neve, e foram andar pela praça localizada num ponto um pouco mais elevado, em frente à estação. Os cabelos exageradamente negros de Komako pareceram-lhe ainda mais tristes devido ao ar lúgubre dos desfiladeiros à sombra.

Bem longe, na montanha, abaixo do rio, não se sabia por que, havia apenas um ponto que recebia um frágil raio de sol.

— Desde que cheguei, grande parte da neve desapareceu, não é mesmo?

— É, mas basta nevar durante dois dias e logo teremos uns dois metros de neve. E se continuar nevando, aquela lâmpada do poste de iluminação também ficará coberta. Se andar por aí pensando no senhor, posso até enroscar meu pescoço nos fios elétricos e me machucar, sabia?

— Neva tanto assim?

— Numa escola ginasial da cidade próxima, dizem que

nas manhãs de muita neve os estudantes pulam nus da janela do andar superior do alojamento! O corpo afunda inteiro na neve e desaparece. Depois, como que nadando, eles andam em meio a neve. Olha, ali também tem um removedor de neve.

— Queria vir para ver a neve, mas no ano-novo a hospedaria deve ficar cheia, não? Será que o trem não ficará bloqueado?

— Que vida boa a do senhor! Leva a vida assim, desse jeito, sem problemas de dinheiro? — Komako ficou olhando o rosto de Shimamura. — Por que não deixa o bigode e a barba crescerem?

— É... Estou pensando em deixar.

Enquanto alisava a pele azulada por onde a navalha havia passado, pensou que Komako estaria dizendo aquilo para acobertar uma ruga bem nítida no canto dos lábios que salientava o seu rosto macio.

— Você também, sabe? Sempre que tira a maquiagem, parece com alguém que acabou de fazer a barba.

— Ouça! O canto desagradável dos corvos. Onde estarão eles? Que frio! — Komako olhou o céu e abraçou a si mesma.

— Vamos nos aquecer na sala de espera?

Naquele momento, uma figura de *hakama* vinha correndo apressada pela rua larga que dobrava da estrada para a estação. Era Yoko.

— Koma-chan! Yukio, Koma-chan! — esbravejava Yoko ofegante, enquanto segurava o ombro de Komako como uma criança que se agarra à mãe fugindo de algo terrível. — Venha logo, o estado dele é estranho, rápido!

Fechando os olhos como que para suportar a dor no

ombro, Komako empalideceu, mas, de maneira inesperada, recusou firmemente:

— Vim me despedir de um cliente e por isso não posso ir embora.

Surpreso, Shimamura interveio:

— Não precisa me esperar, isso não importa.

— Claro que importa. Eu não sei se o senhor virá ou não outra vez!

— Virei! Claro que virei!

Yoko, como se não ouvisse nada daquilo, disse apressada:

— Agora há pouco telefonei para a hospedaria e disseram que você estava na estação, por isso vim correndo! Yukio está te chamando — e puxava Komako, mas esta se mantinha em silêncio.

Então voltou-se de repente e disse:

— Não quero ir!

Nesse momento, quem deu dois ou três passos cambaleando foi a própria Komako. Depois, parecia sentir ânsia, mas conteve o vômito. Os cantos dos olhos estavam úmidos e o rosto crispado.

Yoko ficou ali imóvel, olhando para Komako. Sua expressão era tão séria que não demonstrava estar brava, assustada ou triste, um semblante de extraordinária simplicidade.

Voltando o rosto para Shimamura, de repente Yoko pegou em sua mão:

— Por favor, faça essa mulher ir embora. Faça isso, por favor — implorou com grande veemência.

— Farei, sim. — E Shimamura gritou: — Vá logo embora, sua tola!

— O senhor não tem que se intrometer! — disse-lhe Komako, enquanto suas mãos afastavam Yoko de Shimamura.

— Vou mandá-la agora mesmo naquele táxi, por isso é melhor você ir, certo? Ficar assim, aqui... As pessoas estão olhando — disse ele, tentando apontar para o automóvel em frente à estação, mas sentiu adormecidas as pontas dos dedos que Yoko segurava com força.

Yoko fez um rápido aceno com a cabeça.

— Rápido, rápido, está bem? — assim que disse isso, virou-se e saiu em disparada, o que vinha a ser frustrante de tão irreal.

Olhando-a afastar-se de costas, uma dúvida inconveniente perpassou o coração de Shimamura: por que, afinal, aquela moça tinha sempre um ar tão sério?

A voz de Yoko, bela a ponto de ser triste, permanecia nos ouvidos de Shimamura como se ecoasse de alguma montanha coberta de neve.

— Aonde vai? — Komako reteve Shimamura, que ia procurar o motorista do táxi — Eu não quero ir. Não vou embora, entendeu?

Shimamura sentiu uma súbita repulsa física por Komako.

— Não sei o que existe entre vocês três, mas o rapaz pode morrer agora mesmo. Ela veio chamá-la porque ele queria vê-la, certo? Atenda ao pedido e volte. Você vai se arrepender pelo resto de sua vida! O que vai fazer se ele morrer enquanto estivermos aqui conversando? Não seja teimosa e esqueça tudo que aconteceu.

— Não é nada disso! Está enganado!

— Não foi ele o único a despedir-se de você na estação quando te contrataram para ir a Tóquio? Existe alguma lei que proíba uma última despedida de alguém que está registrado nas primeiras páginas de seu diário mais antigo? Vá lá inscrever-se na última página da vida dessa pessoa!

— Não quero! Não quero ir ver uma pessoa morrer!

Essas palavras soavam como sentimentos frios, mas também como paixão intensa. Por isso, Shimamura estava acometido de dúvidas.

— Não vou mais conseguir escrever os diários. Vou queimar tudo! — sussurrava Komako enquanto seu rosto corava. — O senhor é muito honesto. Sendo honesto, posso lhe enviar o meu diário completo. Não vai rir de mim, vai? Acho que é uma pessoa honesta.

Tocado por uma emoção inexplicável, Shimamura começou a achar que ela tinha mesmo razão, que não havia ninguém mais honesto que ele, e não conseguiu mais insistir para que Komako fosse embora. Ela também se calou.

O gerente saiu do escritório da hospedaria e avisou que começaria a receber as passagens. Apenas quatro ou cinco locais, timidamente dispostos a enfrentar o frio, subiram ou desceram do trem.

— Não vou até a plataforma. Adeus — Komako ficou em pé rente à janela fechada da sala de espera. Vista do trem, ela parecia uma fruta estranha, esquecida sozinha numa fruteira de vidro esfumaçada, numa vila fria e desamparada.

Assim que o trem se moveu, o vidro da sala de espera clareou, e o rosto de Komako pairou brilhante em meio a essa luz, vindo a se apagar num instante. Ele se mostrava igual ao brilho daquele momento no espelho da neve matutina, as maçãs do rosto bem vermelhas. Para Shimamura, essa era a cor que ultrapassava o limite da realidade.

Subindo as montanhas fronteiriças pelo norte e atravessando o longo túnel, era como se a luz fraca da tarde de inverno fosse absorvida pelas trevas do solo, e também como se o velho trem, despojado de sua couraça clara dentro do túnel, já fosse descendo o desfiladeiro, que começava a exibir a cor do entardecer por entre os picos sobrepostos. Do outro lado ainda não havia neve.

O trem desembocou numa vasta planície beirando o rio. O cume da montanha parecia entrecortado de modo singular e, na borda da montanha que dali se estendia num declive belo e atenuado até o sopé bem ao longe, a lua ia ganhando colorido. Uma paisagem única se compunha no final do campo. O céu de suave arrebol descrevia toda a silhueta da montanha com nitidez num azulado escuro. A lua já não era mais tão branca, mas ainda exibia uma tonalidade clara, sem aquele brilho frio das noites de inverno. No céu, sequer um pássaro voando. O sopé da montanha se esparramava vasto para ambos os lados, sem nada que o atrapalhasse. Próximo da margem do rio, um prédio branco parecia uma hidrelétrica. Era o que restava na janela do trem no inverno seco ao entardecer.

A janela começou a embaçar devido ao vapor do aquecedor e, à medida que o campo que corria do lado de fora escurecia aos poucos, novamente os passageiros refletiam-se na janela semitransparente. Era aquele jogo de espelho da paisagem ao entardecer. Como um trem de outro mundo, diferente do da linha de Tokaido, aquele tinha apenas três ou quatro vagões de passageiros ao estilo antigo, já desbotados e gastos. A iluminação era precária e tênue.

Shimamura caiu num estado de languidez como se o seu

corpo fosse levado idilicamente a bordo de algo irreal, sem noção de tempo e de espaço. Começou então a ouvir o som ritmado das rodas ecoando como se fosse a voz da mulher que acabara de deixar.

Suas palavras eram curtas e truncadas, mas era a mostra de que ela vivia com todas as suas forças algo inesquecível, e Shimamura se sentiu angustiado em ouvir. Mas para alguém que ia se afastando assim, naquele momento, já não passava de uma voz distante que simplesmente aumentava a nostalgia.

Yukio já teria parado de respirar àquela hora? Komako teimara em não ir embora, mas será que isso teria evitado que ela deparasse com o momento da morte dele?

Os passageiros eram tão poucos que uma incômoda sensação de desassossego o invadia.

Um homem com cerca de cinquenta anos e uma moça de rosto avermelhado estavam sentados um de frente para o outro e conversavam sem parar. Ela tinha um xale enrolado na altura dos ombros carnudos e estava corada como se estivesse pegando fogo. Debruçava-se para prestar atenção e correspondia com ar de contentamento. Pareciam duas pessoas em longa viagem.

Entretanto, quando o trem chegou a uma estação atrás da qual se viam chaminés de tecelagens, o senhor, apressado, desceu as malas de vime do bagageiro e, jogando-as pela janela na plataforma, foi descendo depois de dizer à moça:

— Então, até mais. Nos encontraremos novamente se assim tiver de ser.

Shimamura sentiu os olhos lacrimejarem e surpreendeu-se consigo mesmo. Percebeu, então, que se despedira da mulher e voltava para casa.

Que aquelas pessoas tivessem se conhecido no trem ao acaso era algo que não lhe ocorrera. O homem devia ser um caixeiro-viajante.

Quando estava de saída de Tóquio para nova estada nas montanhas, sua esposa lhe dissera para não deixar as roupas desprotegidas no mancebo ou na parede, pois as mariposas punham seus ovos nessa época. De fato, ao chegar à hospedaria, reparou que seis ou sete mariposas cor de milho estavam agarradas à luminária decorativa do beiral próximo a seu quarto. Também havia uma mariposa pequena e bojuda pousada no mancebo do quarto contíguo de três tatames.

As janelas mantinham a tela de proteção de metal contra insetos de verão. Como se estivesse grudada na tela, uma mariposa pendia ali inerte. Tinha as antenas saltadas como uma penugem marrom. Suas asas, porém, eram de um verde-claro transparente e tinham quase o comprimento de um dedo de mulher. As montanhas fronteiriças recebiam o sol do entardecer e já ganhavam um colorido outonal, de modo que aquele verde-claro transparente parecia representar a morte. Apenas o local em que as asas anteriores se sobrepunham às posteriores era verde-escuro. Com o vento outonal, essas asas balançavam como se fossem finas folhas de papel.

Shimamura levantou-se para ver se a mariposa estava viva e empurrou-a com o dedo por dentro da tela de metal, mas ela não se mexeu. Batendo forte com o punho, ela caiu tal qual uma folha de árvore, planando com leveza.

Um bando incontável de libélulas voava na frente do

bosque de cedros do outro lado. Lembravam os algodões esvoaçantes dos dentes-de-leão. O rio ao sopé da montanha parecia nascer das sombras dos cedros.

Flores que pareciam *hagui*[15] branco enchiam as pequenas montanhas, brilhando prateadas, e Shimamura não se cansava de admirá-las.

Ao sair do banho, viu uma vendedora russa sentada no vestíbulo. Shimamura foi matar a curiosidade de ver alguém assim num lugar tão retirado. Ela vendia produtos de beleza japoneses e adornos para cabelos bastante triviais.

Aparentava passar dos quarenta, algumas rugas lhe marcavam o rosto e a pele era bem queimada, mas o entorno do seu pescoço grosso apresentava-se totalmente alvo e carnudo.

— De onde veio? — perguntou Shimamura.

— De onde vim? De onde sou? — hesitou a russa ao responder. Parecia pensativa enquanto arrumava a banca.

Sua saia, que estava mais para um tecido sujo enrolado em sua cintura, já havia perdido a aparência de roupa ocidental; ela passou a impressão de estar habituada ao Japão e saiu carregando uma trouxa grande nas costas, confeccionada com lenço japonês. Apesar disso, calçava sapatos ocidentais.

Convidado pela dona da hospedaria, que também olhava a senhora se afastar, Shimamura foi até o balcão, onde viu uma mulher de porte avantajado sentada de costas para o fogareiro. Ela puxou a barra do quimono e levantou-se. Vestia um quimono preto com um brasão de família.

Shimamura se lembrava dessa gueixa porque ela aparecia

---

15. *Lespedeza bicolor*. [N.T.]

numa propaganda da estação de esqui ao lado de Komako, esquiando de *hakama* de algodão por cima dos trajes com os quais se apresentava nos salões. Aparentava certa idade e era corpulenta.

O dono da hospedaria assava no fogareiro um *manju*[16] grande em formato oval, atravessado num *hashi* de metal.

— Está servido? Foi-me dado como recordação, quer experimentar um?

— Oferecido por aquela senhora que não está mais trabalhando?

— Sim.

— Que gueixa admirável.

— Ela veio se despedir porque o contrato com o seu patrão terminou. Era bastante benquista.

Shimamura assoprou o *manju* fumegante e o mordeu. A casca, dura, já estava meio azeda e com cheiro de mofo.

Pela janela avistavam-se os raios do sol poente nos frutos maduros do caqui. A luz parecia incidir até o canudo de bambu do gancho móvel.[17]

— Ah! Que compridas! São *susuki*[18], não? — Shimamura olhou a encosta com surpresa. Tinham o dobro da estatura das mulheres que as carregavam nas costas. As espigas eram longas também.

— Deixe-me ver... São *kaya*.[19]

— São *kaya*? São mesmo?

---

16. Bolinho de farinha de arroz recheado com doce de feijão. [N.T.]
17. *Jizaikagi*: peça que fica pendurada em cima do fogareiro no centro de uma sala e serve de suporte para enganchar chaleiras e panelas. [N.T.]
18. *Mischantus sinensis*: gramínea semelhante à eulália e menor que esta. [N.T.]
19. Eulália (*cogongrasses*). [N.T.]

— Quando houve a exposição de termas do Ministério das Ferrovias, foram construídas salas de chá para descanso, e a cobertura delas foi feita com *kaya* daqui, sabe? Ouvi dizer também que uma pessoa lá de Tóquio comprou essa sala de chá do jeito que estava.

— São *kaya*, então... — murmurou novamente Shimamura.

— Aquelas plantas floridas nas montanhas eram *kaya*, então... Eu achei que fossem flores de *hagui*.

Assim que Shimamura descera do trem, essas flores brancas lhe chamaram a atenção. Brilhavam prateadas florindo por toda parte nas montanhas íngremes até bem próximo dos cumes. Pareciam os próprios raios de sol outonal que se descortinavam nas montanhas. E ele foi tomado por uma emoção que o fez suspirar. Pensou que eram *hagui* brancos.

No entanto, de perto, o vigor do *kaya* parecia completamente diferente do das flores encantadoras que avistara nas montanhas longínquas. O feixe grande ocultava totalmente a mulher que os carregava e o roçar das hastes ecoava nos muros de pedra de ambos os lados da ladeira.

Voltando ao seu quarto, na sala contígua meio escura, de apenas dez velas[20], aquela mariposa bojuda andava sobre o mancebo preto e depositava seus ovos. Outra mariposa, no beiral do telhado, também trombava sem parar com a luminária decorativa.

Os insetos zumbiam sem cessar desde a tarde.

Komako chegou um pouco atrasada. Em pé, no corredor, olhava para Shimamura.

---

20. Vela: unidade de medida antiga para iluminação. [N.T.]

— O que veio fazer? O que veio fazer aqui?
— Vim me encontrar com você.
— Diz o que não sente. Não gosto das pessoas de Tóquio porque são mentirosas. — Depois, sentando-se, serenou a voz. — Recuso-me a acompanhá-lo na hora da partida, entendeu? É uma sensação inexprimível.
— Pode deixar que irei embora sem avisar.
— Isso não! Só quis dizer que não irei até a estação.
— O que aconteceu com ele?
— Morreu, é lógico.
— Enquanto você se despedia de mim?
— Mas não tem nada a ver. Nunca imaginei que a despedida fosse tão ruim!
— É...
— Onde estava no dia 14 de fevereiro? Como é mentiroso! Esperei tanto! Mas não importa, porque nunca mais darei ouvidos ao que o senhor diz.

O dia 14 de fevereiro é a data da Festa de Expulsão dos Pássaros.[21] É um evento anual característico das crianças do País das Neves. Dez dias antes, as crianças pisam a neve com um calçado de palha para endurecê-la, cortam-na em placas de cerca de sessenta centímetros quadrados e com elas montam um pavilhão com cerca de cinco metros de largura e mais de três metros de altura. Na noite do dia 14, passam de casa em casa recolhendo o *shimenawa*[22] e fazem

---

21. Evento realizado nos dias 14 e 15 de fevereiro, desejando uma farta colheita para o ano. Nessa ocasião, crianças e jovens cantam músicas para afugentar os pássaros que causam danos às plantações. [N.T.]
22. Cercado feito de corda enfeitada com papéis recortados para isolar lugares sagrados. [N.T.]

uma grande fogueira na frente do pavilhão. O *shimenawa* é usado porque esta vila comemora o ano-novo no dia 1º de fevereiro. As crianças sobem no telhado do pavilhão e, empurrando-se umas às outras, cantam música para enxotar os pássaros. Depois, entram no pavilhão, iluminam-no e ali passam a noite. No amanhecer do dia 15 repetem o evento.

Como essa é a época em que mais neva, Shimamura tinha prometido a Komako vir à Festa de Expulsão dos Pássaros.

— Em fevereiro fui à casa de meus pais, sabia? Tirei folga do trabalho. Achando que o senhor viria, retornei no dia 14. Devia ter ficado mais um pouco para ajudar no tratamento.

— Alguém estava doente?

— A professora tinha ido ao porto e pegou pneumonia. Chegou um telegrama justamente na época em que eu estava em minha terra e fui ajudar a cuidar dela.

— Ela melhorou?

— Não.

— É uma pena, lamento... — disse Shimamura, como se desculpando por não ter cumprido o combinado e lastimando a morte da professora.

— Não foi nada — Komako balançou a cabeça suavemente, enquanto espanava a mesa com um lenço. — Quanto inseto!

Asas de insetos forravam tudo, da mesa de refeição ao tatame. Pequenas mariposas voavam em grande quantidade ao redor da luz.

Na tela também havia muitas mariposas não se sabe de quantas espécies pousadas do lado de fora, como se pairassem na claridade da lua totalmente límpida.

— Que dor no estômago! Que dor no estômago! — disse

Komako, colocando de uma só vez as mãos sobre o *obi*. E debruçou-se nas pernas de Shimamura.

Pequenos insetos menores que pernilongos foram logo caindo em bandos em seu pescoço exposto fora da gola e carregado de pó de arroz. Alguns morriam na hora e jaziam ali inertes.

Seu colo estava rechonchudo, com mais gordura que no ano anterior. "Ela está com vinte e um anos", pensou Shimamura. Uma umidade tépida começou a envolver suas pernas.

— Lá no balcão, todos riam me dizendo: "Koma-chan, experimente ir até a sala das camélias..." Que sensação estranha... Fui acompanhar a *neesan*[23] de trem e queria dormir sossegada em casa, quando me disseram haver um telefonema da hospedaria. Como estava com preguiça, pensei seriamente em não vir. Bebi demais a noite passada. Foi a festa de despedida da *neesan*. No balcão, só ficaram rindo... Era o senhor. Já faz um ano, não é? O senhor é do tipo que só vem uma vez ao ano?

— Eu também comi um dos *manju* que ela deixou.

— Ah, é? — Komako ergueu o peito. Apenas a face que ficara comprimida nas pernas de Shimamura estava vermelha, parecendo-lhe de repente um rosto de alguém que conhecera na infância.

Komako disse que acompanhara aquela gueixa mais velha até duas estações adiante.

— Não tem mais graça, sabe? Antes, tudo se resolvia com facilidade, mas o mundo começou a ficar cada vez mais individualista, é cada um por si... Por aqui muita coisa mudou. Só

---

23. Forma afetiva de tratamento para mulheres mais velhas. Literalmente, significa irmã mais velha. [N.T.]

aumenta a quantidade de gueixas geniosas. Vou me sentir muito sozinha sem Kikuyu *neesan*. Ela era o centro de tudo. Era a mais popular e nunca deixava de atingir as seiscentas unidades[24], por isso sempre a tratavam muito bem em casa.

Ela disse que Kikuyu voltara para sua cidade natal quando terminou o contrato e Shimamura perguntou se ela iria se casar ou continuar em algum negócio de risco.

— *Neesan* também sofreu. Teve um mau casamento, não deu certo e acabou vindo para cá. — Komako parou de falar e, depois de hesitar muito, olhou para as plantações em degraus lá embaixo iluminadas pela lua. — No meio daquela ladeira tem uma casa que acabou de ser construída, não tem?

— Aquele pequeno restaurante chamado Kikumura?

— É. Ela deveria ter ficado nele, mas pôs tudo a perder por causa de seu gênio. Foi um alvoroço. Um cliente construiu o restaurante especialmente para ela e, quando estava para se estabelecer, acabou jogando tudo para o alto. Começou a gostar de outra pessoa e pretendia se casar com ela, mas estava sendo enganada. Será que é assim mesmo quando se está cego? Depois, já não podia mais voltar atrás e ficar no restaurante apenas por ter sido abandonada pelo pretendente. Por outro lado, não poderia continuar aqui, estava envergonhada. Ela recomeçará a vida em outro lugar. Pensando bem, é de dar dó. Nós não sabíamos ao certo, mas ela tinha várias pessoas.

— Eram homens? Uns cinco?

---

24. Forma de contagem do tempo de trabalho das gueixas. Corresponde à quantidade de incensos queimados durante o atendimento aos clientes. [N.T.]

— Incrível, não? — Komako deu um sorriso contido e virou rapidamente o rosto. — *Neesan* também era uma pessoa fraca. Era covarde.

— É... Talvez não houvesse nada que ela pudesse fazer...

— Pense bem! Mesmo sendo querida, de que adiantou? — Olhando para baixo, coçou a cabeça com o *kanzashi*.[25] — Ao levá-la hoje, fiquei angustiada.

— E como ficou o restaurante construído especialmente para ela?

— A esposa do sujeito veio para assumir.

— Situação interessante. A esposa dirigindo o restaurante da amante.

— Pois então, os preparativos para a inauguração já estavam totalmente prontos. Foi o que se pôde fazer. A mulher veio de mudança com todos os filhos.

— O que fizeram com a casa?

— Disseram que deixaram a avó tomando conta. São lavradores, mas o marido gosta dessas coisas. Ele é muito divertido.

— É um brincalhão, então. Já tem bastante idade, não tem?

— É jovem ainda. Deve ter trinta e dois ou trinta e três anos.

— Ah! Então a amante deve ser mais velha que a esposa, não é mesmo?

— As duas têm igualmente vinte e sete anos.

— "Kikumura" vem do "Kiku" da Kikuyu, não é? E é a esposa que toca o restaurante com esse nome?

— Pois é! Como é que se poderia mudar uma placa que já havia sido colocada?

---

25. Adorno de cabelo em formato de haste. [N.T.]

Shimamura ajustou a gola de seu quimono e Komako levantou-se para fechar a janela:

— *Neesan* sabia muito sobre o senhor. Hoje, ela me disse: "Então, ele veio mesmo, não?"

— Eu a vi lá perto do balcão quando veio fazer os cumprimentos de despedida.

— Disse-lhe alguma coisa?

— Por que iria dizer?

— O senhor entende o que eu sinto? — Komako abriu de uma só vez o *shoji* que acabara de fechar e sentou-se à janela como que atirando o corpo para fora.

Depois de algum tempo, Shimamura disse:

— O brilho das estrelas aqui é completamente diferente do de Tóquio, não? É como se elas flutuassem no espaço.

— Hoje nem tanto, porque é noite de lua. A neve deste ano foi terrível.

— Parece que os trens deixaram de transitar várias vezes, não foi?

— Foi. A ponto de dar medo. A abertura das estradas também atrasou um mês, começou em maio. No andar superior da estação de esqui tem uma loja, não tem? Uma avalanche atravessou aquele andar e as pessoas que estavam no piso de baixo, ignorando o fato, ouviram um barulho estranho e foram olhar a cozinha achando que eram ratos, mas nada encontraram. Quando subiram ao andar de cima, qual não foi a surpresa ao verem que tudo estava coberto de neve! As portas e tudo o mais foi levado pela neve. Foi uma avalanche de superfície. Isso foi noticiado amplamente nas rádios. Apavorados, os esquiadores nem apareceram. Este ano não pretendia esquiar e por isso dei os meus esquis. Mesmo assim acho que fui esquiar duas ou três vezes. Eu mudei?

— O que você tem feito desde a morte da professora?

— Deixe estar os problemas dos outros! Vim aqui em fevereiro e fiquei lhe esperando.

— Se voltou para o porto, bastava ter escrito uma carta dizendo isso.

— Eu não! Que humilhação! Não vou ficar escrevendo cartas que possam ser vistas por sua esposa. É humilhante. Não há motivos para mentir só por receio!

Komako falava de modo rápido e violento, como se lhe jogasse as palavras no rosto. Shimamura concordava com a cabeça.

— Não fique aí sentada no meio dos insetos. É melhor apagar as luzes.

A lua estava clara a ponto de mostrar com nitidez até mesmo a sombra das saliências das orelhas da mulher. O tatame, por ela profundamente iluminado, mostrava-se pálido devido ao frio.

Os lábios de Komako eram suaves como a bela ventosa de uma sanguessuga.

— Não quero! Deixe-me ir.

— Você continua a mesma. — Shimamura levantou a cabeça e olhou de perto o rosto oval um pouco saliente e estranho.

— Todos dizem que não mudei nada desde quando cheguei aqui, com dezessete anos. Nem surpreende tanto, a vida é sempre igual, ano após ano.

Ainda restavam fortes traços do rosto corado de uma garotinha da região norte. Mas sob a luz da lua, sua maquiagem de gueixa brilhava como uma concha.

— Sabia que mudei de casa?
— Desde a morte da professora? Já não está naquele quarto dos bichos-da-seda, então? Desta vez é uma verdadeira casa de gueixas?
— O que quer dizer com verdadeira casa de gueixas? Bem, na loja eles vendem doces e cigarros. Sou a única hóspede. Mas como agora estou servindo a essa casa em troca de moradia e comida, quando fica tarde leio os livros à luz de velas.
Shimamura riu, abraçando-a.
— O consumo é medido e por isso não posso desperdiçar energia.
— É mesmo?
— Mas, sabe? Às vezes chego a pensar se o que faço é mesmo servir como gueixa, pois as pessoas da casa me tratam muito bem. Quando uma das crianças chora, a senhora, cerimoniosa, vai para os fundos com ela para não me incomodar. Nada me falta, só o leito mal-arrumado é que me incomoda. Quando volto tarde deixam o acolchoado pronto. Às vezes, o forro não está bem esticado e o lençol fica enrugado. Quando vejo isso, fico irritada. Mas acho que é indelicadeza fazer a cama de novo, pois sou grata à gentileza deles.
— Vai sofrer quando tiver sua própria casa, hein?
— Todos dizem isso. É minha natureza. Lá em casa há quatro crianças e é uma bagunça terrível. Ando o dia inteiro atrás delas, arrumando. Sei que logo depois elas irão desarrumar, mas me incomoda e não consigo deixar de fazê-lo. Desde que minha condição me permita, quero viver num lugar limpo e arrumado, mesmo sendo do jeito que sou.
— Tem razão.

— Entende como eu me sinto?
— Entendo, sim.
— Se entende, diga então como é. Não consegue, não é? Só diz mentiras. O senhor vive no luxo e é bem conveniente. Não entende coisa alguma! — dito isso, serenou a voz. — Que tristeza! Como sou tola... Vá embora amanhã mesmo!
— Não consigo dizer nada pressionado assim por você.
— Não consegue dizer o quê? Isso que não presta no senhor — Komako engasgou novamente. Mas quando fechou os olhos em silêncio, mostrou que conseguia entender que Shimamura, de alguma forma, a tinha em consideração. — Venha, mesmo que seja uma vez por ano, está bem? Enquanto eu estiver aqui, venha, sem falta, uma vez por ano.

Komako contou a ele que seu contrato era de quatro anos.

— Quando fui para casa, não pensei que iria trabalhar, então dei meus esquis. No entanto, tudo o que consegui foi parar de fumar.

— É mesmo... Antes fumava bastante, não?

— É. Como guardo na manga os cigarros que ganho dos clientes, quando volto para casa encontro vários.

— Quatro anos é mesmo bastante tempo, não?

— Acabam passando rápido.

— Você está quente... — Shimamura abraçou-a quando ela se aproximou.

— Sou quente por natureza.

— Já está esfriando de manhã cedinho e à noite, não é?

— Já faz cinco anos que vim para cá. No início me sentia solitária e não gostava de morar num lugar como este. Antes da abertura da ferrovia era tão vazio aqui... Veja só! Já faz três anos que o senhor começou a vir.

Shimamura pensou que em menos de três anos viera três vezes, e em cada uma delas a situação de Komako estava diferente.

Lá fora vários grilos começaram a cricrilar de súbito.

— É desagradável, não? — Komako levantou-se de seu colo.

Um vento norte soprou e as mariposas da tela voaram todas de uma só vez.

Mesmo sabendo que os olhos pretos entreabertos que ele via eram os cílios grossos cerrados, Shimamura experimentou olhá-los de perto.

— Deixei de fumar e engordei.

Ele tinha notado que havia mais gordura na cintura da jovem.

Até o que era difícil de apreender devido a distância parecia trazer logo a intimidade de volta só pelo fato de ele estar ali.

Komako levou a palma da mão aos seios.

— Um deles ficou maior que o outro.

— Tola! É cisma! Imagine se só um deles...

— Que coisa desagradável. Mentira! Seu chato — Komako mudou subitamente. Shimamura lembrou-se de que ela era assim mesmo.

— Daqui para a frente diga a ambos que fiquem proporcionais!

— Proporcionais? É para dizer proporcionais? — Komako aproximou o rosto sorrateiramente.

Aquele quarto ficava no andar superior, mas os sapos rodeavam a casa coaxando. Não parecia ser apenas um, mas dois ou três, pulando, incansáveis, em torno da casa. Coaxaram por um longo tempo.

Voltando do banho, Komako tornou a falar de sua vida íntima, mas em tom sereno, como se tivesse se acalmado.

Contou que quando foi fazer o primeiro exame médico ali, achou que fosse igual ao que fizera como aprendiz e, ao mostrar só o peito nu, riram dela, o que acabou levando-a a desatar em choro. Indagada por Shimamura, Komako respondeu:

— Eu sou muito regular. A cada mês são rigorosamente dois dias adiantados.

— Escuta, nunca ficou em má situação atendendo no salão?

— Não. Dá para notar?

Diariamente, ela se banhava naquelas termas, famosas por aquecerem bem, e, seja percorrendo o caminho do salão até a velha ou a nova terma, andava cerca de quatro quilômetros; a vida na montanha raramente requer noites em claro e por isso ela era do tipo saudável e encorpada, de quadril um pouco contraído, moldado pela roupa profissional de gueixa. Era fina na largura e espessa de frente para trás. Mesmo assim, era enternecedor que fosse uma mulher do tipo que atraía Shimamura, fazendo-o vir de tão longe.

— Será que sou dessas mulheres que não podem ter filhos? — perguntou Komako com seriedade. Ela queria dizer que, se mantinha um relacionamento com uma única pessoa, era como se fossem marido e mulher.

Foi a primeira vez que Shimamura soube que Komako tinha alguém assim. Disse que o relacionamento já durava cinco anos, desde quando tinha dezesseis. Entendeu então por que Komako parecia-lhe ingênua e despreocupada, algo que ele sempre estranhou.

Talvez por ter conhecido esse homem quando retornou

ao porto, logo depois que a pessoa que a fez aprendiz de gueixa faleceu, Komako dizia não gostar dele desde o início e que tampouco tinham um bom entrosamento.

— Se durou cinco anos, já foi muito, não acha?

— Já tive duas oportunidades de me separar: quando vim para cá trabalhar como gueixa e quando mudei da casa da professora para a atual. Mas sou covarde. Sou muito covarde mesmo.

Disse que o homem morava no porto. Como seria inconveniente mantê-la naquela cidade, deixou-a aos cuidados da professora quando ela veio para essa vila. Era lamentável, porque embora ele fosse bastante cordato, ela nunca sentiu vontade de se entregar a ele. Ele era muito mais velho do que ela e só aparecia de vez em quando.

— Como fazer para me livrar dele? Às vezes penso seriamente em fazer alguma trapaça, sabe? Penso mesmo!

— É melhor não fazer.

— Não conseguiria mesmo fazer. É minha natureza, não conseguiria! Tenho carinho por este corpo que abriga a minha vida! Se quisesse, os quatro anos de contrato poderiam ser cumpridos em dois, mas não exagero. O corpo é valioso. Se me excedesse, com certeza ganharia unidades suficientes. Como o contrato é por período, basta não dar prejuízo ao patrão. Já sei em quanto fica a quantia bruta por mês, quantos são os juros, os impostos e os gastos com a minha alimentação, portanto não há necessidade de trabalhar além disso. Se estiver num salão que está dando muito trabalho, vou logo embora. E não sendo um cliente preferencial que faça questão do meu atendimento, a hospedaria também não manda trabalho tarde da noite. É claro que não há limites para o luxo, mas ganho do jeito que me convém e é suficiente. Já paguei mais da metade da quantia bruta, sabe? Ainda nem se passou um ano. De qualquer maneira, gasto trinta ienes por mês em trivialidades.

Dizia que era suficiente ganhar cem ienes por mês. No mês anterior, em que menos trabalhara no ano, havia ganhado sessenta ienes, o equivalente a trezentas unidades. Komako é a que tinha maior número de pontos, ultrapassava os noventa, e, a cada salão, um ponto era para ela mesma, o que acabava sendo um prejuízo para o patrão; entretanto, ela dizia que os frequentava quanto podia. Não havia nenhuma gueixa naquelas termas que tivesse aumentado a dívida e estendido o contrato.

Na manhã seguinte, Komako também viera cedo.

— Sonhei que estava fazendo a limpeza do quarto da professora de *ikebana* e acordei.

O espelho, levado para perto da janela, refletia as montanhas avermelhadas. Mesmo no espelho, o brilho do outono era vivaz.

A menina da loja de doces trouxe as mudas de roupa de Komako.

Não era a mesma Yoko que falava: "Koma-chan!" com aquela voz límpida a ponto de ser triste.

— O que aconteceu com aquela moça?

Komako olhou de soslaio para Shimamura.

— A única coisa que faz é ir ao túmulo rezar. Lá no sopé da montanha, na estação de esqui, tem uma plantação de trigo sarraceno com flores brancas... Dá para ver um cemitério do lado esquerdo, não dá?

Depois que Komako foi embora, Shimamura foi caminhar pela vila.

Algumas meninas jogavam bola de borracha sob a cobertura de paredes brancas, vestidas de *hakama* de flanela vermelha, visivelmente novos. Era uma cena das mais outonais.

Muitas eram as casas em estilo antigo, e pareciam ser da época em que os daimios passavam por ali. Os beirais dos telhados eram largos; as janelas com *shoji* tinham apenas trinta centímetros de altura, eram compridas e estreitas. No canto do beiral traziam uma cortina de palha.

Na mureta de barro havia uma cerca onde cresciam eulálias miúdas. Elas eram de um amarelo suave, no auge da florada. Suas folhas finas abriam-se em maços tal qual uma linda fonte de água.

Numa sombra à beira do caminho, Yoko batia o feijão *azuki* sobre uma esteira de palha. Os pequenos feijões bailavam como grãos de luz saindo das vagens secas.

Por ter um véu na cabeça, ela talvez não tivesse visto Shimamura. Batendo o *azuki*, com o *hakama* aberto na altura dos joelhos, cantava com aquela voz que ecoava límpida e soava triste.

Borboletas, libélulas e grilos
Nas matas cantam
O grilo verde, o grilo cantador, o grilo saltador.

"Há um grande corvo, ao vento do entardecer, num lugar um pouco afastado dos cedros", diz a letra de uma música. Mas hoje, um bando de libélulas também sobrevoava em frente ao bosque de cedros que se vê dessa janela. À medida que o sol se punha, o seu voo parecia apressar-se cada vez mais.

Antes de partir, Shimamura comprara um novo guia das montanhas da região, que achou numa loja em frente à estação. Enquanto o lia sem se fixar em nada de especial, descobriu que próximo a um dos picos das montanhas fronteiriças que se avistavam daquele quarto, nos pequenos caminhos que costuravam os brejos e lagoas e em toda a região úmida, diversas plantas montanhosas floriam exuberantes. E que, no verão, libélulas vermelhas voavam sem rumo, pousando nos bonés, nas mãos das pessoas ou mesmo na armação dos óculos, numa tranquilidade sem comparação com a das libélulas das áreas urbanas.

No entanto, esse bando diante de seus olhos parecia um pouco apreensivo. Era como se estivesse apressado em não ser ofuscado pela cor dos cedros que escureciam antes mesmo do anoitecer.

Via-se claramente que as montanhas longínquas começavam a ficar com os picos avermelhados ao serem banhadas pelo sol poente.

"Como o ser humano é frágil, não? Disseram que quando se acidenta, o corpo fica totalmente esmagado, da cabeça até os ossos. Os ursos, por exemplo, mesmo quando caem de um penhasco, não sofrem nem um arranhão." Shimamura lembrou-se do que Komako contara pela manhã. Apontando para aquela montanha, ela comentava sobre um acidente ocorrido lá nos rochedos.

Se tivesse pelos duros e espessos como os dos ursos, com certeza o ser humano teria os sentidos bem diferentes. Os homens amam a pele fina e lisa uns dos outros. Enquanto olhava a montanha no arrebol pensando nessas coisas, Shimamura sentiu falta de contato físico.

Naquele horário, muito cedo ainda para o jantar, uma gueixa cantava ao som de um *shamisen* mal tocado a música: "Borboletas, libélulas, grilos..."

No guia das montanhas havia somente indicações de caminhos para as escaladas e sua programação, lugares para hospedagem, despesas, etc., de modo que ele deixou a imaginação correr solta. Shimamura conhecera Komako quando andava por aquelas montanhas que se cobriam de verde ainda com resquícios da neve, e desceu para aquela vila de águas termais. Ao olhar as montanhas onde certamente ainda permaneciam as suas pegadas, ele se sentia atraído por elas, uma vez que agora era a estação das escaladas de outono. Como *bon vivant*, andar pelas montanhas sem ao menos ter o que fazer por lá parecia-lhe um perfeito esforço em vão, mas, justamente por isso, aquilo também tinha um fascínio irreal.

Embora sempre pensasse em Komako quando estava longe, ao se aproximar dela, talvez por ficar tranquilo ou por agora ter familiaridade demais com o seu corpo, a falta que sentia de um corpo de mulher e a atração pela montanha pareciam-lhe um mesmo sonho. Talvez porque Komako tivesse dormido com ele na noite anterior. Entretanto, sentado sozinho em meio ao silêncio, só lhe restava esperar que Komako viesse ainda que não a chamasse. Mas Shimamura resolveu dormir mais cedo, enquanto ainda ouvia o ecoar das vozes joviais das estudantes em caminhada pelas montanhas.

Durante a noite caíra uma chuva de fim de outono.

Na manhã seguinte, quando abriu os olhos, encontrou Komako sentada em frente à escrivaninha lendo um livro. Seu casaco era uma peça comum de seda Meisen.

— Acordou? — disse ela serena, olhando para ele.
— O que aconteceu, afinal?
— Acordou?

Suspeitando que ela tivesse chegado sem ser notada e dormido lá, Shimamura olhou ao redor de seu leito. Pegando um relógio à cabeceira, viu que ainda eram seis e meia da manhã.

— É bem madrugadora, você!
— Não por isso. A empregada já veio acender o fogo, sabia?

A chaleira de ferro soltava um vapor com ar matinal.

— Levante-se... — Komako aproximou-se e sentou-se à cabeceira. Tinha um ar feminino, doméstico demais. Enquanto se espreguiçava, Shimamura aproveitou para segurar as mãos dela que estavam sobre suas pernas, e ficou brincando com os calos de seus pequenos dedos.

— Estou com sono. Mal amanheceu...
— Conseguiu dormir bem a sós?
— Consegui.
— Acabou não deixando a barba e o bigode crescerem, não foi?
— É mesmo... Quando nos separamos da última vez, comentou sobre isso, não foi? Que eu os deixasse crescer...
— Não importa que tenha se esquecido... Sempre está com a barba muito bem-feita, mostrando marcas azuladas...
— Você também, quando tira a maquiagem fica parecida com alguém que acabou de se escanhoar, sabia?
— Será que suas bochechas engordaram? São tão brancas... Sem barba e bigode, é estranho enquanto dorme. São redondas...

— São macias... Não é bom?
— Dão uma sensação de desproteção...
— Que desagradável... Você ficou me observando...
— É... — Komako balançou a cabeça e disse sorrindo que sim, mas subitamente deu uma gargalhada, como se tivesse se incendiado. Sem que ele percebesse em que exato momento, até os dedos que ele segurava se encheram de força.
— Escondi-me no armário. A empregada nem percebeu...
— Quando? Desde quando ficou escondida?
— Agora mesmo! Quando a empregada veio acender o fogo!

Parecia não conter o riso ao se lembrar do fato e, ao corar até a ponta das orelhas, começou a se abanar com o canto do edredom para disfarçar.

— Levante-se! Levante-se, vai!
— Estou com frio — Shimamura abraçou o edredom. — Todos já acordaram na hospedaria?
— Não sei. Subi pelos fundos.
— Pelos fundos?
— Vim subindo pelo bosque de cedros.
— Tem um caminho por ali?
— Não, mas tem um atalho.

Shimamura olhou surpreso para Komako.

— Ninguém sabe que vim. Ouvi ruídos lá da cozinha, mas o vestíbulo ainda deve estar fechado.
— Você é bem madrugadora mesmo.
— Não consegui dormir ontem à noite.
— Sabia que caiu uma chuva de outono?
— Foi? Os *kuma-zasa* [26] estavam molhados... Foi isso

---
26. Vegetação rasteira japonesa da família do bambu, cujas folhas, verdes na primavera, ganham listras brancas no outono. [N.E.]

então. Vou embora, está bem? Volte a dormir. Bom descanso.

— Vou me levantar.

Shimamura segurava a mão da mulher quando saiu num ímpeto do leito. Foi até a janela e, observando o local por onde ela disse ter subido, viu os *kuma-zasa* espalhados aos montes ao pé de moitas de arbustos. Estavam no meio caminho da colina que dava para o bosque de cedros, e na plantação logo abaixo da janela, os nabos, as batatas-doces, as cebolinhas, os inhames e as verduras recebiam o sol da manhã. Pareceu-lhe que era a primeira vez que percebia a diferença de cores das folhas de cada uma delas.

Do corredor que levava à sala de banho, o encarregado dava ração para as carpas na fonte.

— Parece que esfriou mesmo, pois não comem tanto — disse o encarregado a Shimamura, que olhou por algum tempo a ração de pedaços de larvas secas de bicho-da-seda.

Sentada e com aparência limpa, Komako disse a Shimamura que havia acabado de chegar do banho.

— Seria ótimo costurar num lugar tão tranquilo como este...

O quarto acabara de ser limpo e a luz outonal da manhã invadia o tatame envelhecido.

— Você sabe costurar?

— Que descaso! Fui eu quem mais trabalhou dentre todos os meus irmãos. Pensando bem, parece que o período mais difícil lá em casa foi quando eu estava na fase da adolescência — disse monologando, mas, de repente, ergueu a voz: — A empregada soava estranha, como se estivesse perguntando quando é que Koma-chan tinha chegado. Não podia ficar me escondendo tantas vezes no armário e, por isso, fiquei numa situação terrível. Vou embora, está bem? Tenho muito o que fazer. Como não consegui dormir, pensei em lavar os cabelos. Se não os lavar logo cedo e esperar que sequem para ir ao cabeleireiro, não fico pronta para trabalhar nas festas vespertinas. Aqui na hospedaria também vai haver uma festa, mas só mandaram me avisar na noite passada. Foi depois que eu já tinha aceitado ir ao outro lugar e por isso não vou conseguir vir. Como é sábado, estou bastante atarefada. Não vou poder vir passear — Komako dizia isso tudo, mas não fazia menção de se levantar.

Desistiu de lavar os cabelos e convidou Shimamura para ir ao jardim dos fundos. Ela devia ter vindo escondida por ali, pois sob o corredor suspenso havia meias e os tamancos molhados de Komako.

Não conseguiriam transpor as moitas de *kuma-zasa* por onde ela dissera ter subido, então foram descendo em direção ao ruído da água, à beira da plantação.

Lá, a margem do rio era um barranco alto e ouvia-se a voz de uma criança em cima de uma castanheira. Aos pés da árvore, jaziam algumas castanhas. Komako pisou em cima de uma delas e descascou o fruto. Eram todas castanhas pequenas.

Na outra margem, as espigas de *kaya* cobriam inteiramente a montanha íngreme e balançavam-se num prateado ofuscante, assemelhando-se a translucidez que atravessava o céu outonal.

— Vamos até lá? Dá para ver o túmulo do seu noivo.

Komako levantou-se, encarou Shimamura e jogou um punhado de castanhas em seu rosto.

— Está me fazendo de tola?

Shimamura não teve tempo nem de se esquivar. Ouvira o impacto na testa e sentiu a dor.

— Que motivo teria para ir até lá?

— Por que fica tão brava?

— Foi tudo muito difícil para mim, não percebe? É diferente de alguém como o senhor, que vive como bem entende!

— Quem é que vive como bem entende? — murmurou Shimamura sem forças.

— Então por que insiste em chamá-lo de meu noivo? Já não lhe disse outro dia que não era meu noivo? Já se esqueceu...

Não é que Shimamura tivesse esquecido.

"Sabe, parece ter havido uma época em que a professora achou bom que seu filho e eu ficássemos juntos, mas se isso foi mesmo verdade, não passou de um desejo, pois ela jamais mencionou algo. Tanto eu quanto ele sabíamos desse seu desejo oculto, mas nunca sentimos nada um pelo outro. Foi só isso que aconteceu. Vivemos separadamente. Quando fui enviada a Tóquio para ser gueixa, ele foi o único a ir se despedir de mim."

Lembrava-se de Komako dizendo isso.

Quando esse homem estava à beira da morte, ela permanecera junto a Shimamura e chegara a dizer: "Por que uma pessoa que está para morrer iria me impedir de fazer o que quero?"

Shimamura guardava a lembrança do homem chamado Yukio sobretudo porque Yoko, dizendo que o estado do enfermo era ruim, viera buscar Komako exatamente quando ela fora acompanhá-lo à estação. Mas mesmo em tais condições Komako não tinha ido embora e, ao que tudo indica, não conseguira testemunhar o momento da morte dele.

Komako sempre evitava falar de Yukio. Mesmo que não tivesse sido seu noivo, com certeza tratava-se de algo muito sério, uma vez que ela se tornara gueixa para ajudar a pagar as despesas do tratamento dele.

Mesmo recebendo as castanhas no rosto, Shimamura não deu indícios de se irritar. Komako pareceu furiosa por alguns instantes, mas de repente aproximou-se dele como que se desmanchando.

— Puxa, o senhor aceita bem o que lhe dizem... Está triste com algo?

— A criança em cima da árvore está nos vendo...

— Não entendo! As pessoas de Tóquio são complicadas! Ficam dispersivas se o lugar está movimentado...

— Tudo está movimentado...

— Logo, até a vida estará movimentada. Vamos ver o túmulo? — disse ela.

— Pode ser...

— Está vendo? O senhor não estava com vontade nenhuma de ver o túmulo!

— Você é que fica constrangida com isso.

— Eu nunca fui visitar o túmulo e por isso fico constrangida. É verdade. Agora que a professora está ali sepultada junto dele, sinto que deveria visitar o túmulo, mas não sou capaz. Fico extremamente sem jeito.

— Você é bem mais complicada do que eu!

— Por quê? É impossível deixar tudo bem claro para as pessoas vivas, por isso, pelo menos com os que já estão mortos, quero agir com franqueza!

O túmulo ficava logo ali, no sopé da montanha da estação de esqui, acompanhando a linha do trem, depois do bosque de cedros, onde pareciam gotejar o silêncio e o frio. Podia-se ver umas dez estatuetas de pedra já velhas representando divindades, numa parte mais elevada do caminho entre as plantações. Eram de uma nudez espartana. Não havia flores.

Entretanto, inesperadamente o dorso de Yoko ergueu-se da sombra de uma árvore baixa por trás das estatuetas. Com um rosto sério que mais parecia uma máscara, ela olhou-os de maneira flamejante e pungente. Shimamura fez uma leve reverência e ficou ali inerte.

— Yoko, você é madrugadora, não? Eu ia ao cabeleireiro e... — Komako havia começado a falar quando ela e Shimamura se encolheram como se tivessem sido empurrados de uma só vez por uma rajada de vento negra. Um trem de carga havia passado rente a eles a toda velocidade.

— Ma-a-na-a-a — chamava uma voz junto com aquele ecoar brusco. Da porta do vagão preto, um jovem abanava um chapéu.

— Saichiro! Saichiro! — chamou Yoko.

Era a mesma voz que havia chamado o chefe da estação no entroncamento. Uma voz que de tão bela era triste, como que chamando por alguém num navio distante onde nem seria ouvida.

Depois que o trem de carga passou, avistaram-se magníficas flores de trigo sarraceno do outro lado do trilho, como se uma venda tivesse sido retirada dos olhos. Floresciam todas por igual sobre os talos avermelhados com um grande ar de serenidade.

Os dois não perceberam a chegada do trem porque haviam se encontrado com Yoko de modo inesperado, mas o cargueiro levara tudo aquilo para longe.

Depois, muito mais que o ruído das rodas do trem, só restou a ressonância da voz de Yoko. Era como o soar do eco de um amor puro.

Yoko ficou olhando o trem afastar-se.

— Já que o meu irmão estava no trem, acho que vou até a estação.

— Como? O trem não vai ficar esperando lá — riu Komako.

— Realmente...

— Sabe? Eu não vim orar no túmulo de Yukio, não...

Yoko concordou com a cabeça e hesitou um pouco, mas ajoelhou-se em frente ao túmulo e uniu as mãos em prece.

Komako continuou ali em pé.

Shimamura desviou o olhar e ficou observando uma das estatuetas de divindade. Além de um par de braços com as mãos unidas em oração diante do peito, nas três faces de seu rosto longo havia um par de mãos tanto do lado direito quando do esquerdo.

— Vou fazer o penteado — disse Komako a Yoko, e foi pelo caminho entre a plantação em direção à vila.

Numa expressão nativa, *hatte* é a forma de estender os pés de arroz em vários degraus nos varais de bambu ou de madeira estirados entre os troncos de duas árvores, e que se parecem com um biombo de pés de arroz. De ambos os lados do caminho por onde eles passavam, os agricultores também tinham montado os *hatte*.

Puxando o *hakama* na altura do quadril, uma camponesa levantava o feixe de arroz, que era recebido com habilidade por um homem num plano mais elevado. Dividia-o dando umas batidas e o pendurava no varal.

Devido ao costume, o movimento rotineiro era feito de modo ritmado.

Komako apoiou uma das espigas que pendiam do *hatte* na palma de sua mão e, como se medisse algo muito valioso, sopesou-a dizendo:

— Que fartura! É uma espiga que dá gosto de tocar. Que diferença da safra do ano passado! — cerrou os olhos, como se saboreasse o contato com a espiga. Logo acima, um bando de tico-ticos voou baixo.

Numa parede à beira do caminho havia um cartaz antigo com os dizeres: "Remuneração de plantadores de arroz: noventa centavos de iene por dia, mais benefícios com alimentação. Para as plantadoras, a sexta parte do valor acima."

Na casa de Yoko também havia um *hatte*. Ele ficava no fundo da plantação num nível mais baixo em relação ao caminho do lado direito do jardim. Estava armado bem alto entre as árvores de caqui que acompanhavam as paredes brancas das casas vizinhas. Na linha divisória entre a plantação e o jardim, ou seja, em ângulo reto com o *hatte* apoiado nos pés de caqui, havia outro, e a entrada que passava por baixo dos pés de arroz ficava numa das extremidades. Eram pés de arroz que não serviam para esteiras e pareciam formar uma cabana. Na plantação, dálias e rosas ressecadas e, na frente, inhames estendiam suas folhas viçosas. A lagoa de lótus com carpas ficava do outro lado e não podia ser vista dali.

A janela do quarto do bicho-da-seda onde Komako vivera no ano anterior também estava escondida.

Yoko abaixou a cabeça como se estivesse zangada e sumiu pelo caminho entre as espigas de arroz.

— Mora sozinha nesta casa? — perguntou Shimamura,

olhando para a figura dela de costas e inclinada para a frente.

— Acho que não — disse Komako em tom ríspido.
— Ai, que chato... Desisti de ir ao cabeleireiro. O senhor fica falando coisas que não deve e acabamos atrapalhando a visita ao túmulo que ela estava fazendo.

— Você afirma não querer se encontrar com ela diante do túmulo, mas isso é teimosia de sua parte, não?

— O senhor é que não entende os meus sentimentos! Se tiver tempo, mais tarde irei lavar os cabelos. Pode ser que fique tarde, mas irei vê-lo, sem falta.

Eram três horas da madrugada.

Shimamura acordou com o barulho de alguém abrindo o *shoji* como se o empurrasse para longe, e Komako caiu esparramada em cima de seu peito.

— Disse que vinha e vim, não? Então, eu disse que vinha e vim, não é? — respirava ofegante, fazendo soar até a barriga.

— Está completamente bêbada.
— Disse que vinha e vim, não é?
— Pois é. Veio sim.
— Não enxergava o caminho até aqui, não enxergava. Ai! Estou sufocada.

— Como foi que conseguiu subir a ladeira desse jeito?
— Não sei. Não sei de mais nada. — Como Komako se contorcia sobre o seu peito, Shimamura sentiu-se sufocado e tentou se levantar. Mas, acordado de repente, cambaleou e, ao cair de novo, sentiu a cabeça bater em algo quente e assustou-se.

— Está ardendo que nem fogo, como é tola!
— É mesmo? Travesseiro de fogo... Vai se queimar, hein?

— De fato — fechou os olhos e o calor tomou conta de sua cabeça. Shimamura sentiu na pele que estava vivo. Sentia a vida real sendo transmitida pela respiração intensa de Komako. Ela se assemelhava a um saudoso rancor, parecia um coração esperando tranquilamente por alguma vingança.

— Disse que vinha e vim, não? — repetia Komako fora de si. — Já vim e vou embora. Vou lavar os cabelos — levantou arrastando-se e bebeu água em grandes goles.

— Não vai conseguir ir embora nesse estado!

— Vou embora. Tenho companhia. Onde foi parar meu material de banho?

Shimamura se levantou e acendeu a luz. Komako estava curvada sobre o tatame, segurando o rosto com as duas mãos.

— Não acenda!

Trazia o *obi* amarrado sobre um quimono de dormir de gola preta e um quimono de merino bem berrante por baixo, com manga arredondada ao estilo *Genroku*.[27] Pareceu-lhe estranhamente graciosa, toda encolhida como se estivesse escondendo-se, deixando transparecer a embriaguez até a ponta dos pés descalços, mas sem mostrar a gola do forro do quimono.

Tinha deixado cair o material de banho. Sabonete e pente estavam espalhados pelo chão.

— Corte aqui! Trouxe a tesoura...

— Cortar o quê?

— Isto aqui — Komako pôs a mão na parte de trás do cabelo. — Tentei cortar os laços, mas minha mão não me obedece. Pensei, então, em passar por aqui para que cortasse para mim.

---

27. Estilo de manga do século XIII, da era Genroku (1688-1704), normalmente usada em quimonos femininos para o dia a dia. [N.T.]

Shimamura abriu caminho pelos cabelos da mulher e cortou o laço. Cada vez que desatava um deles, Komako balançava os cabelos. Um pouco mais calma, disse:

— Que horas são?
— Já são três horas.
— Já? Tarde assim? Cuidado para não cortar o cabelo!
— Quantos laços!

O enchimento que ele tirava com as mãos próximo à base do cabelo estava ardendo.

— Já são três horas? Acho que dormi caída do jeito que estava depois que voltei do salão. Tinha combinado de tomar banho com uma amiga que me convidou. Ela deve estar me procurando.

— Está te esperando?
— Está no banho comunitário. Três pessoas. Tinha seis salões para atender, mas só consegui percorrer quatro. Semana que vem estarei atarefada por causa da temporada do bordo. Obrigada... — levantou o rosto, passando os dedos por entre os cabelos soltos e, como se estivesse ofuscada, sorriu encabulada. — Sei lá... Que engraçado — e prendeu os cabelos de qualquer jeito. — Vou embora porque fica mal perante a minha amiga, está bem? Na volta, não passarei aqui.

— Consegue ir sozinha?
— Consigo.

No entanto, pisou na barra do quimono e cambaleou.

Ao pensar que ela se aproveitara de horários insólitos para vir duas vezes num mesmo dia, às sete da manhã e às três da madrugada, Shimamura teve uma sensação bastante estranha.

Os funcionários da hospedaria enfeitavam o portão de entrada utilizando o bordo como se fosse o pinheiro de recepção.[28] Eram as boas-vindas para os clientes que vinham apreciar e colher suas folhas vermelhas.

O que dava ordens, todo sabichão, era o encarregado contratado temporariamente e que fazia piada de si mesmo, dizendo ser um pássaro migratório. Era um dos homens que trabalhavam nas montanhas das redondezas durante a temporada em que as folhagens brotavam verdes até se colorirem de vermelho, e que no inverno iam ganhar dinheiro nas termas de Izu, como Atami ou Nagaoka. Nem sempre trabalhava para a mesma hospedaria. Exibindo sua experiência nas badaladas termas de Izu, ele falava mal dos que lidavam com os clientes. Atraía os hóspedes com seu bajular persistente, mas mostrava sua natureza desprovida de sinceridade, assemelhando-se a um pedinte.

— Patrão, conhece o fruto de *akebi*? Se gostar, vou buscar mais — disse a Shimamura, que retornava de um passeio a pé. E trouxe o fruto no próprio galho da trepadeira, amarrando-o no galho do bordo.

O bordo parecia ter sido cortado nas montanhas num comprimento adequado para ser utilizado no canto do beiral do telhado e apresentava um vermelho bem vivo que iluminava todo o vestíbulo, e cada uma de suas folhas era surpreendentemente grande.

Experimentando segurar o fruto gelado de *akebi*, deu uma olhada no balcão e viu Yoko sentada no canto do fogão.

---

28. Os japoneses decoram a entrada das casas com um enfeite de pinheiro para recepcionar o ano-novo. [N.T.]

A dona da hospedaria esquentava o saquê em banho-maria num pote de bronze. Yoko, de frente para ela, fazia que sim com a cabeça todas as vezes que ela lhe dizia algo. Sem o *hakama* e o casaco, vestia um quimono de seda Meisen que parecia ter sido lavado pouco antes.

— É uma ajudante? — perguntou Shimamura ao funcionário, como quem não quer nada.

— Isso mesmo. Felizmente, pois o movimento cresceu e estamos com falta de mão de obra.

— Assim como você, não?

— É. Mas a moça é daqui da vila e bastante estranha.

Yoko parecia ajudar somente nos serviços da cozinha e até então não atendia nos quartos de hóspedes. À medida que aumentava o número de clientes, as vozes das empregadas da cozinha ficavam mais altas, mas não se ouvia a voz de Yoko de timbre claro e tão penetrante. Segundo a empregada que atendia o quarto de Shimamura, Yoko tinha o hábito de cantar no banho antes de dormir, mas nem isso ele ouviu.

No entanto, ao pensar que Yoko estava naquela hospedaria, Shimamura, sem saber por que, sentiu receio de chamar Komako. Embora o amor de Komako fosse destinado a ele, sentia um vazio como se isso fosse mais um belo esforço em vão. Ao mesmo tempo, também sentia a vida que Komako tentava viver roçar nele tal qual uma pele nua. Compadecendo-se dela, também se compadeceu de si mesmo. Julgou que Yoko era possuidora de um olhar semelhante a uma luz que pungia tal situação, e, por algum motivo, se sentiu atraído por ela também.

Mesmo sem ser chamada, Komako veio diversas vezes.

Quando foi admirar os bordos que ficavam além das

correntezas, ele passou diante da casa dela. Na ocasião, reconhecendo o barulho do motor do carro, ela saíra para a frente da casa, certa de que era Shimamura, mas ele nem ao menos olhara para trás. Ela o chamara de desalmado por causa disso, e em compensação, bastava ser chamada à hospedaria para que passasse pelo quarto de Shimamura, ou no caminho para o banho também aproveitava para visitá-lo. Quando havia alguma festa, vinha uma hora mais cedo e ficava se divertindo com ele até ser chamada pela empregada. Dava umas escapadelas dos salões, retocava a maquiagem em frente ao espelho e dizia:

— Agora vou trabalhar, pois tenho tino comercial. Vamos lá. Negócios! Negócios! — levantava-se e ia.

Tinha o hábito de ir embora deixando no quarto dele o estojo dos plectros, o casaco ou alguma outra coisa que estivesse trazendo.

— Quando cheguei em casa ontem à noite, a água para o chá não estava aquecida. Fui até a cozinha e comi arroz embebido na sopa de missô que sobrou da refeição matinal, e ameixa em conserva. Que gelo! Hoje de manhã, não me acordaram lá em casa. Quando despertei, já eram dez e meia. Pensei em vir vê-lo às sete, mas deu errado.

Ela relatava coisas desse tipo e também as andanças pelas hospedarias, o que se passava nos salões e isso e aquilo...

— Volto daqui a pouco, está bem? — bebia água e levantava-se. — Pode ser que eu não volte mais, pois somos só três para atender trinta pessoas! Não vou poder dar uma escapulida.

No entanto, logo depois estava lá.

— Como é difícil! Somos apenas três para atender trinta.

O pior de tudo é que uma delas é a mais velha de todas e a outra, a mais nova, por isso sobra tudo para mim. Que clientes muquiranas! Com certeza são de um clube de viagens. Para trinta clientes são necessárias pelo menos seis gueixas. Vou beber e dar um susto neles.

Komako parecia querer esconder seu corpo e sua alma, uma vez que não sabia o rumo a tomar em dias como aqueles. Mas esse jeito um tanto solitário produzia um efeito oposto, pois só servia para deixar o seu aspecto peculiar ainda mais sensual.

— Tenho vergonha porque o corredor faz barulho. Mesmo que ande de fininho, dá para perceber. Quando passo ao lado da cozinha, as pessoas riem, dizendo: "Koma-chan! Está indo para a sala das camélias?" Nunca pensei que teria que passar por tanto constrangimento.

— Deve sofrer porque a cidade é muito pequena.

— Todos já estão sabendo de nós dois!

— Isso é ruim.

— Pois é. Numa cidade pequena, má reputação é o fim — disse ela, mas logo ergueu o rosto e sorriu. — Hum, não tem importância. Gueixa consegue trabalhar em qualquer lugar.

Esse seu tom repleto de sinceridade foi bastante inesperado para Shimamura, que levava vida boa com a herança dos pais.

— É verdade mesmo! Não importa onde se ganha dinheiro, é tudo igual. Não há o que lamentar.

Era um jeito um tanto despojado de dizer, mas Shimamura sentiu a vibração da mulher.

— Está bem assim. Realmente só as mulheres podem

gostar de verdade de alguém — Komako baixou os olhos, ruborizando de leve.

Como a gola do quimono ficava caída para trás, um leque parecia se abrir das costas para os ombros. Carregada de maquiagem, a carne do rosto mostrava uma protuberância um tanto melancólica, parecendo ora um agasalho de lã, ora a pele de um animal.

— É... Neste mundo de hoje... — murmurou Shimamura. E gelou com suas palavras vagas.

No entanto, Komako foi direto ao ponto.

— É sempre assim — ergueu o rosto e acrescentou dispersa: — Não sabia disso?

O forro vermelho colado às costas desapareceu.

Shimamura estava traduzindo Valéry, Alain[29] e também algumas teses de estudiosos franceses sobre danças da época de ouro do balé russo. Pretendia fazer uma luxuosa publicação independente de pequena tiragem. Não seria errado afirmar que ele até se sentia confortável com esse livro sem qualquer utilidade para o mundo atual da dança no Japão. Zombar de si mesmo, pelo próprio trabalho, devia ser um prazer inconsequente. Talvez nascesse daí esse seu triste mundo de fantasia. Não havia a menor pressa, tanto que até saíra assim em viagem.

Ele observava atentamente os insetos fenecerem.

À medida que o outono esfriava, mais insetos morriam a cada dia sobre o tatame de seu quarto. Quando os insetos de asas rígidas caíam de costas, não conseguiam mais se levantar. Uma abelha andava um pouco e caía, andava mais

---

29. Pseudônimo do filósofo francês Emile Chartier (1868-1951). [N.T.]

um pouco e tombava de novo. Era uma morte silenciosa, que acontecia naturalmente, como ocorre com a mudança das estações. Aproximando-se, via que ela agonizava, fazendo tremer as patas e as antenas. O espaço de oito tatames parecia bastante amplo para essas pequenas mortes.

Enquanto recolhia os cadáveres com a ponta dos dedos para jogá-los fora, também se lembrava das crianças que tinha deixado em casa.

Alguns insetos que ele pensava estarem parados o tempo todo na tela da janela já estavam mortos e as mariposas caíam como folhas secas. Outras caíam da parede. Ao pegar uma na palma da mão, Shimamura pensava como podiam ser tão belas.

As telas de proteção contra insetos foram retiradas das janelas. O barulho deles foi diminuindo sensivelmente.

As montanhas fronteiriças em vermelho-ferrugem acentuado brilhavam foscas ao entardecer, como se fossem um minério frio, e a hospedaria enchia-se de visitantes da temporada do bordo.

— É provável que eu não possa voltar mais hoje, pois há uma festa do povo local — disse Komako quando passou no quarto de Shimamura naquela noite. Mais tarde, ouviu tambores no grande salão e a voz estridente de uma mulher. No auge de todo esse alvoroço, inesperadamente, bem próximo dele, ouviu uma voz límpida:

— Com licença, com licença — dizia Yoko. — Olha, Koma-chan mandou isso aqui.

De pé, Yoko esticou a mão como se fosse um carteiro, mas apressou-se em se sentar à moda japonesa. Enquanto

Shimamura abria a carta dobrada em nó, Yoko já havia desaparecido. Não teve tempo para lhe dizer nada.

"Estou na maior folia e bebendo saquê." Era só o que estava escrito num papel com letras embriagadas. Entretanto, menos de dez minutos depois, Komako entrou com passos alvoroçados.

— Agora há pouco aquela moça veio trazer alguma coisa?

— Veio sim.

— Ah, é? — dando uma piscada com um dos olhos, muito satisfeita. — Hum, que sensação gostosa. Dei uma escapadela com a desculpa de pedir mais saquê. Fui descoberta pelo encarregado e levei uma bronca. Saquê é muito bom... Mesmo levando bronca, não me importo com o barulho dos meus passos. Ai, que coisa! Quando venho aqui, de repente começo a sentir o efeito da bebida. Agora, vou voltar ao trabalho.

— Você está vermelha até as pontas dos dedos.

— Vamos lá. Negócios! O que aquela moça disse? Tem um ciúme terrível, sabia?

— Quem?

— Vai acabar morto, hein!

— Aquela moça também está trabalhando?

— Ela traz os potes de saquê e, escondida no corredor, fica parada nos olhando, com os olhos chamejantes. Gosta daqueles olhos, não é?

— Fiquei olhando curioso.

— Foi por isso que escrevi o bilhete e disse para ela lhe entregar. Quero água. Dê-me água. Não sei quem é mais surpreendente. Ela precisa ser conquistada. Senão, é impossível saber. Estou bêbada? — deu uma olhada, segurando nas extremidades da penteadeira como se fosse cair. Depois ajeitou a barra do quimono e saiu.

Mais tarde, a festa parecia ter acabado. Subitamente, tudo caiu no silêncio e só o barulho das porcelanas se fazia ouvir ao longe. Shimamura começou a achar que Komako tinha ido com os clientes a uma segunda rodada em outra hospedaria, quando Yoko ressurgiu com um novo bilhete de Komako feito em nó:

"Desisti de ir ao Sanpukan, passarei agora na sala das ameixeiras. Bons sonhos."

— Muito obrigado. Está vindo ajudar? — perguntou Shimamura, com um sorriso amargo e encabulado.

— Sim.

Assim que confirmou, Yoko deu uma olhada rápida para Shimamura com aqueles lindos olhos penetrantes. Shimamura ficou ainda mais constrangido.

Essa moça, que a cada encontro sempre deixava uma lembrança marcante, sentada, assim, em frente a ele com toda a naturalidade, causava-lhe um desconforto estranho. Sua atitude séria demais sempre lhe dava a impressão de estar bem no meio de um caso extraordinário.

— Parecem estar dando bastante trabalho...

— Sim, mas eu não sou de grande valia.

— Veja, encontrei-me com você tantas vezes, não foi? A primeira vez foi no trem de volta para cá cuidando daquele homem... Você pedia ao chefe da estação que olhasse por seu irmão, está lembrada?

— Sim.

— É verdade que canta no banho antes de dormir?

— Poxa! Preciso ser mais discreta! Que vergonha!

— respondeu com uma voz surpreendentemente bela.

— Tenho a impressão de que sei tudo sobre você...

— É mesmo? Perguntou a Koma-chan?

— Ela não diz nada. Até evita falar de você.

— É mesmo? — Yoko olhou disfarçadamente para o lado.

— Não me importo com o que Koma-chan faz, mas tenho pena dela. Por favor, ajude-a. — Essa frase curta estremeceu um pouco no final.

— Mas eu não posso fazer nada por ela.

Parecia que todo o corpo de Yoko ia estremecer. Shimamura desviou o olhar de seu rosto, de onde parecia vir um brilho ameaçador e, sorrindo, disse:

— Talvez seja melhor ir logo embora para Tóquio.

— Eu também vou para Tóquio.

— Quando?

— Não importa.

— Então, quer que eu a leve, quando for?

— Sim, leve-me por favor — disse com muita naturalidade, mas num tom tão sério que assustou Shimamura.

— Se as pessoas de sua casa permitirem...

— As pessoas de casa? Só tenho um irmão que está na companhia ferroviária, por isso posso decidir sozinha.

— Tem algum paradeiro em Tóquio?

— Não.

— Você a consultou?

— Quem? Koma-chan? Tenho raiva de Koma-chan e por isso não vou contar.

Shimamura sentiu uma estranha atração por Yoko que, assim dizendo, ergueu os olhos levemente umedecidos, talvez por descontração. Mas, sem saber por quê, sua paixão por

Komako parecia arder mais violenta. Partir com uma moça de identidade desconhecida, como se estivesse fugindo, pareceu-lhe uma forma drástica de se redimir perante Komako, mas também de lhe impor uma espécie de penalidade.

— Você não tem medo de partir assim com um homem?
— Por quê?
— É perigoso ir desse jeito sem definir pelo menos um lugar para se acomodar provisoriamente e o que fazer em Tóquio.
— Uma mulher sozinha... Dá se um jeito! — disse Yoko, elevando o tom de voz de maneira bela no final da frase. E continuou a olhar para Shimamura: — Não pode me contratar como empregada?
— O que é isso... Como empregada?
— É, mas eu não quero ser empregada.
— Antes, o que fazia quando estava em Tóquio?
— Era enfermeira.
— Trabalhava num hospital ou numa escola de enfermagem?
— Em nenhum deles, apenas queria ser enfermeira.

Shimamura lembrou-se novamente de Yoko cuidando do filho da professora no trem e sorriu, achando que naquela seriedade toda ela também manifestava uma de suas aspirações.

— Então, ainda quer estudar enfermagem?
— Não vou mais ser enfermeira.
— Não pode ser assim indecisa na vida.
— Nossa... Indecisão... Que desagradável! — riu Yoko, como se repelisse a alegação de Shimamura.

Como a voz, seu riso também era tão límpido que chegava a ser triste e não lhe pareceu insano. Mas foi se apagando depois de bater melancolicamente no invólucro do coração de Shimamura.

— Qual é a graça?
— É que eu só cuidei da enfermidade de uma única pessoa.
— Como assim?
— Não sou mais capaz.
— Então é isso — disse de forma serena ao ser de novo surpreendido. — Ouvi dizer que você vai todos os dias visitar o túmulo que fica abaixo da plantação de trigo sarraceno. É verdade?
— É.
— Acha que nunca mais cuidará de algum outro doente estranho e nem visitará o túmulo de outro estranho pelo resto de sua vida?
— Nunca mais.
— Como conseguirá se afastar do túmulo dele e ir para Tóquio?
— Isso não lhe diz respeito. Leve-me, por favor.
— Komako diz que você é terrivelmente ciumenta, sabe? Ele era o noivo dela?
— Yukio? Mentira, é mentira!
— Por que disse, afinal, que odeia Komako?
— Koma-chan? — disse como se ela estivesse ali e a chamasse. E encarou Shimamura com os olhos reluzentes.
— Faça algo por ela, por favor.
— Não posso fazer nada por ela.
Lágrimas começaram a encher os olhos de Yoko que, soluçando, pegou uma pequena mariposa caída no tatame.
— Koma-chan disse que eu vou enlouquecer — e saiu rapidamente do quarto.
Shimamura sentiu um calafrio.

Ao abrir a janela para jogar a mariposa morta por Yoko, viu Komako embriagada brincando de joquempô, agachada como se confrontando os clientes. O céu estava nublado. Shimamura foi tomar banho.

Yoko entrou no banheiro feminino com a filha do dono da hospedaria.

Ela era bastante gentil e mostrava ternura ao tirar as roupas da menina e banhá-la, e era agradável ouvir aquela voz doce que parecia a de uma jovem mãe. Então, ela começou a cantar com aquela voz inconfundível:

Indo lá nos fundos olhar.
Três pés de pera.
Três cedros.
Seis ao todo.
De baixo, o corvo
Faz um ninho.
De cima o pardal
Faz um ninho.
Os grilos da floresta,
Como é que cantam?
Cedros, amigos, visita ao túmulo.
Visita ao túmulo, uma quadra, uma quadra, mais uma quadra.[30]

Aquele seu ritmo ágil e vivo, cantando as canções do jogo de bola de pano em voz pueril, fez com que Shimamura pensasse que a Yoko de instantes atrás tivesse sido um sonho.

---
30. *Hakamairi itcho, itcho, itchoya.* Em japonês, esta parte da canção imita com seu ritmo acentuado o canto dos pássaros. [N.E.]

Mesmo depois de Yoko sair do banho, não parou de falar com a menina, e sua voz parecia ressoar ainda por aquelas bandas como se fosse o som de uma flauta. Shimamura sentiu certo interesse pela imagem da serenidade de um anoitecer outonal — uma caixa de *shamisen* de paulównia sobre o assoalho escuro e brilhante do vestíbulo envelhecido. Enquanto lia o nome da gueixa ao qual ele pertencia, Komako chegou, vinda do lugar de onde provinha o barulho de louça sendo lavada.

— O que está olhando?

— Você o deixou aqui para que pudesse passar a noite comigo?

— Quem? Ah, isso aqui? Que tolo o senhor é! Como poderia ficar carregando o *shamisen* o tempo todo? Às vezes, deixo-o vários dias largado num mesmo lugar — disse rindo, enquanto soltava a respiração sôfrega. Fechando os olhos, recostou-se em Shimamura soltando a barra do quimono.

— Escuta, leve-me para casa.

— E precisa voltar?

— Não dá, não dá. Vou embora. Todos foram acompanhar a segunda rodada da festa do pessoal local e só eu fiquei. Como tinha trabalho aqui, pode parecer que não há problemas, mas se uma amiga passar lá na volta, convidando-me para ir ao banho e eu não estiver em casa, será complicado.

Embora um pouco embriagada, Komako foi descendo firme pela ladeira íngreme.

— Fez aquela moça chorar, não foi?

— Por falar nela, pareceu-me mesmo um pouco insana.

— Acha graça em olhar as pessoas dessa maneira?

— Não foi você mesma quem disse que ela estava ficando

louca? Parece que começou a chorar de raiva ao lembrar que você tinha dito isso a ela.

— Se é isso, não faz mal.

— Em menos de dez minutos ela já estava no banho cantando com uma voz ótima.

— Ela tem o hábito de cantar no banho.

— Pediu-me com muita seriedade que fizesse algo por você.

— Que tola! Mas, espere aí. O senhor não precisa me falar nada disso, precisa?

— Não sei por que, mas sempre que falamos daquela moça, você fica irritada.

— Quer aquela moça, é?

— Veja só você, já vem falando esse tipo de coisas.

— Não é brincadeira, não. Quando olho para ela sinto que futuramente será um peso para mim. Sinto isso, não sei por quê. Supondo que goste dela, experimente olhá-la bem. Com certeza irá pensar o mesmo. — Komako pousou a mão no ombro de Shimamura e começou a amolecer, mas sacudiu de repente a cabeça: — Não. Talvez, se cair nas mãos de uma pessoa como o senhor, ela não venha a enlouquecer. Não quer tirar esse peso de meus ombros?

— Deixe de tolices.

— Pensa que estou delirando por causa da bebida? Sabendo que ela será bem tratada pelo senhor, eu vou ficar aqui, nessas montanhas, definhando. Num clima gostoso de silêncio.

— Preste atenção!

— Deixe-me! — correu de encontro a uma porta trancada. Já era a casa na qual morava.

— Acho que imaginaram que você não voltaria mais.

— Olha, abre sim... — murmurou Komako puxando de modo a erguer de seu trilho a porta que fazia um barulho seco. — Vamos entrar?

— A essa hora?

— O pessoal de casa já está dormindo.

Shimamura hesitou.

— Então faço questão de acompanhá-lo de volta à hospedaria.

— Não precisa, não.

— Mas nem viu o meu quarto ainda!

Entrando pela cozinha, viam-se as pessoas da casa dormindo espalhadas. Enfileirando os acolchoados duros e desbotados que pareciam feitos de algodão, como os *hakama* daquela região, marido, mulher e a filha mais velha com seus dezessete ou dezoito anos estavam do lado da cabeceira, e cinco ou seis crianças dormiam sob uma iluminação marrom-claro, cada qual virada para um lado. Essa visão, embora triste e podendo aparentar pobreza, guardava uma energia vigorosa.

Shimamura tentou recuar como se fosse empurrado pelo calor da respiração dos que dormiam, mas Komako fechou a porta fazendo ruído de fricção e entrou no compartimento com assoalho, pisando sem qualquer cerimônia com o barulho produzido por seus passos. Shimamura passou cuidadosamente pela cabeceira das crianças, seu coração palpitando com uma estranha satisfação.

— Espere aqui. Vou acender a luz do andar de cima.

— Não precisa. — Shimamura subiu os degraus da escada completamente às escuras. Ao olhar para trás, viu a loja de doces além dos singelos rostos adormecidos.

O andar de cima tinha quatro cômodos de tatames velhos. Era uma casa bem característica de lavradores.

— É grande para uma pessoa só.

As divisórias corrediças estavam todas abertas e os utensílios velhos da casa, empilhados no outro quarto. O leito de Komako estendia-se miúdo por trás de um *shoji* cheio de fuligem. Na parede, havia um quimono pendurado para uso nos salões. Parecia-lhe uma toca de raposas e texugos.

Komako sentou-se no leito num ímpeto só e ofereceu a Shimamura a única almofada que tinha.

— Nossa! Estou vermelha! — olhou-se no espelho. — Estou tão embriagada assim? — e procurou no alto do armário. — Este é o meu diário.

— Veja só! Que grande!

Retirou também uma caixa forrada com papel artesanal *chiyogami*, cheia dos mais variados tipos de cigarros.

— Coloco na manga do quimono os que os clientes me dão e trago para casa, por isso estão todos amassados, mas não estão sujos. Tenho de quase todas as marcas — com as mãos em frente a Shimamura, mostrou-lhe os cigarros, revirando-os dentro da caixa.

— Não tenho fósforos. Como parei de fumar, não preciso mais.

— Não há problema. Estava costurando?

— Estava. É de um cliente da temporada do bordo, mas não tenho avançado nada — voltou-se Komako, colocando a costura em frente ao armário.

Provavelmente lembranças da época em que vivia em Tóquio, um magnífico armário de madeira com cortes longitudinais e uma luxuosa caixa de costura de laca vermelha eram os mesmos de quando ela morava naquele sótão semelhante a uma velha caixa de papel, na casa da professora de música. Agora parecia uma crueldade deixá-los naquele pavimento rústico.

Um cordão fino descia da luminária do teto até a cabeceira.

— Quando leio antes de dormir, puxo esse cordão para apagar a luz — mexendo no cordão, Komako sentou-se comportada como uma dona de casa e mostrou-se constrangida.

— Parece enxoval de raposa.[31]

— Tem razão.

— Pretende viver os quatro anos neste quarto?

— Meio ano já se foi. Passa logo.

A respiração das pessoas dormindo no andar inferior parecia chegar até ali. Como ficaram sem assunto, Shimamura levantou-se afoito para ir embora.

Enquanto fechava a porta, Komako colocou a cabeça para fora e olhou o céu.

— Está com jeito de que vai nevar. A temporada dos bordos já está chegando ao fim — e saiu novamente para a frente da casa, recitando em plena noite: — *Esta é uma região de moradia das montanhas, neva ainda que os bordos estejam vermelhos.*[32]

— Então, boa-noite.

— Vou acompanhá-lo. Mas só até o vestíbulo da hospedaria. — No entanto, entrou com Shimamura até o quarto e desapareceu dizendo: — Bons sonhos. — Mas, logo depois,

---

31. Referente à expressão japonesa "casamento de raposa", traduzida aqui por enxoval, porque a observação diz respeito ao conjunto de utensílios que Komako possui. [N.T.]

32. Parte da fala de Hatsuhana, protagonista na peça de teatro *joruri Vingança da graça material do manco de Hakone*, de autoria de Shiba Shiso, em 1801. [N.T.]

voltou trazendo dois copos e uma dose de saquê. Assim que entrou no quarto, disse com determinação: — Beba! É para beber, entendeu?

— O pessoal da hospedaria não está dormindo? De onde trouxe isso?

— Ah, eu sei onde eles guardam — Komako parecia ter bebido ao pegar o saquê no tonel, e estava novamente embriagada. Com os olhos quase fechando, olhou o saquê derramar do copo. — Não é gostoso beber no escuro.

Shimamura bebeu com prazer o saquê gelado que ela lhe impunha.

Não havia motivos para que ele se embebedasse com tão pouco, mas o saquê subiu-lhe à cabeça e de repente começou a sentir um mal-estar no peito, talvez por ter esfriado o corpo caminhando lá fora. Sentiu que empalidecia e deitou-se com os olhos fechados, quando Komako, apressada, tentou dar-lhe apoio. Depois, Shimamura acabou se aconchegando como uma criança no corpo quente da mulher.

Komako, um pouco desajeitada, segurava-o como se fosse uma moça que nunca tivera filhos e carregava uma criança no colo. Com a cabeça inclinada, parecia velar uma criança que dorme.

Após algum tempo, Shimamura disse de forma inesperada:

— Você é uma boa moça.

— Por quê? Onde está a qualidade?

— É uma boa moça.

— É mesmo? Como o senhor é desagradável... O que está dizendo? Não está fora de si? — disse Komako espaçadamente, como se batesse na mesma tecla, indignada, sacudindo-o. Depois calou-se.

Em seguida, rindo sozinha, disse:

— Não sou. Faça o favor de ir embora porque é difícil para mim. Já não tenho quimonos novos para vestir. Gostaria de usar um diferente sempre que venho aqui, mas não tenho outros, este que estou usando é emprestado de uma amiga, sabia? Sou tão boa assim?

Shimamura ficou sem palavras.

— Onde é que sou boa, agindo desse jeito? — Komako estava quase aos prantos. — Quando nos encontramos pela primeira vez, achei o senhor uma pessoa desagradável. Ninguém diz coisas tão desrespeitosas. Não gostei nada daquilo.

Shimamura concordou com um movimento de cabeça.

— Entende por que, até agora, eu não disse nada sobre isso? É um absurdo fazer com que uma mulher seja obrigada a falar essas coisas!

— Está bem.

— É? — disse Komako, fazendo um longo silêncio, como se estivesse a refletir sobre si mesma. O modo como essa mulher sentia a vida foi se transmitindo de modo caloroso para Shimamura.

— Você é uma ótima mulher, sabe?

— Ótima como?

— É uma ótima mulher, sim.

— Como o senhor é esquisito! — escondeu o rosto, movimentando os ombros como se estes lhe fizessem cócegas. Mas, repentinamente, não se sabe pensando em quê, ergueu o rosto, apoiando-o sobre a mão. — O que quer dizer com isso? Então, o que significa?

Surpreso, Shimamura permaneceu olhando para Komako sem responder.

— Diga, por favor. É por isso que vem? Está caçoando de mim, não é? Estava mesmo caçoando de mim, não? — completamente vermelha, indagava Shimamura, encarando-o, quando seus ombros começaram a tremer de uma imensa raiva. Logo depois ficou pálida e passou a despejar lágrimas.
— Que raiva! Ah, que raiva tenho do senhor! — rolou pelo chão e sentou-se de costas para ele.

Shimamura sentiu uma pontada no peito ao perceber que Komako o interpretava mal, mas fechou os olhos e continuou calado.

— Que tristeza... — murmurou Komako. E curvou-se encolhendo o corpo.

Assim, talvez cansada de chorar, ficou espetando o *kanzashi* prateado no chão, fazendo barulho e, inesperadamente, deixou o quarto.

Shimamura não pôde ir atrás dela. Repreendido por Komako, estava bastante desnorteado.

Entretanto, Komako parecia ter retornado sem fazer barulho. Do lado de fora do quarto chamou-o em voz alta:

— Não quer ir tomar banho?
— Se você quiser.
— Desculpe-me, sim? Pensei melhor.

Ela continuava de pé, escondida no corredor, e não fazia menção de entrar, por isso Shimamura saiu levando a toalha. Komako evitou olhá-lo nos olhos e seguiu na frente, cabisbaixa. Agia como uma pessoa que tivesse sido desmascarada em seu crime. Mas depois de se aquecerem no banho, ficou estranhamente travessa, a ponto de causar desassossego e de Shimamura sequer conseguir dormir direito.

Na manhã seguinte, Shimamura foi acordado por uma voz que recitava um *script* de nô.

Ficou na cama ouvindo em silêncio por alguns instantes. Komako, diante da penteadeira, virou-se e, sorrindo, disse:

— Os clientes do quarto das ameixeiras... Fui chamada para lá depois da festa de ontem à noite, lembra-se?

— Aquele grupo de recitação de nô em excursão?

— É.

— Está nevando?

— Está — disse Komako levantando-se, e mostrou a neve, abrindo todo o *shoji*.

— A temporada dos bordos portanto já chegou ao fim.

Imensos tufos de neve que lembravam peônias caíam com leveza do céu cinzento emoldurado pela janela e, planando, vinham na direção deles. Parecia uma ilusão silenciosa. Shimamura olhava com o torpor de quem dormiu pouco.

O grupo de nô também tocava o tambor *tsuzumi*.

Shimamura olhou para a penteadeira, e lembrando-se do espelho daquela manhã de neve no final do ano anterior, nele viu as pétalas geladas da neve peônia[33] pairarem ainda maiores, delineando traços brancos ao redor de Komako, que esfregava o pescoço com a gola do quimono aberta.

A pele de Komako estava limpa como se tivesse acabado de ser lavada. Shimamura jamais imaginara que ela interpretaria tão mal aquelas palavras despretensiosas, e pareceu-lhe que isso lhe produzia uma tristeza irreprimível.

Com a primeira neve, as montanhas, mais longínquas à

---

33. Neve intensa, típica de várias regiões do Japão, cujos flocos são tão grandes quanto as pétalas da peônia, numa comparação local. [N.T.]

medida que a cor ferrugem dos bordos ia ficando mais escura, renasceram vivamente.

O bosque de cedros, coberto com uma fina camada de neve, erguia-se pontiagudo rumo ao céu, destacando uma a uma as silhuetas das árvores.

Fiava-se e tecia-se na neve, lavava-se na água da neve na qual também estendia-se o tecido. Desde o início da fiação até a fase final da tecelagem, tudo era feito na neve. Alguém escreveu num livro antigo que o tecido *chijimi* existe porque a neve existe, que a neve é a mãe do *chijimi*. O *chijimi* de linho do País das Neves — trabalho manual das mulheres da vila durante o longo período de reclusão no inverno — era uma das peças de verão que Shimamura também procurava nos brechós. Gostava desse tecido a ponto de utilizá-lo como gibão e de pedir que lhe mostrassem sempre que aparecesse um de boa qualidade, uma vez que, pela afinidade com as pessoas do mundo da dança, ele conhecia várias lojas que trabalhavam com trajes antigos de nô.

Dizem que em outros tempos, quando a neve começava a derreter na primavera, depois de serem retiradas as proteções das janelas, realizava-se a primeira feira de *chijimi*. Havia até hospedarias cativas dos atacadistas de roupas das três capitais comerciais — Edo[34], Nagoya e Osaka —, que vinham de longe sobretudo para comprar os *chijimi*. As moças dedicavam-se meio ano para tecê-lo justamente por causa dessa feira. Por isso, homens e mulheres das vilas

---

34. Antigo nome de Tóquio, durante o período Edo (1603-1868). [N.T.]

próximas e distantes reuniam-se, grupos artísticos e lojistas enfileiravam suas barracas e o movimento era tão grande quanto o de uma festa municipal. Em cada *chijimi* exposto havia tabuletas indicando o nome e o local de origem das tecelãs e também as colocações de primeiro e segundo lugares, classificando os artigos. Isso servia também de referência para a escolha de esposas. Aprendendo a tecer desde criança, só se conseguiam bons artigos com a jovialidade dos quinze ou dezesseis anos até os vinte e quatro ou vinte e cinco anos. Quanto mais idade tem a tecelã, menor o brilho do tecido. As moças, com certeza, esmeravam-se nas suas habilidades para entrar no rol das tecelãs mais famosas e depositavam muito amor e carinho no produto, tomando todo o cuidado justamente por ser um trabalho manual feito durante a reclusão na neve, quando podiam dedicar-se com exclusividade a isso. Começavam a fiar no décimo mês do calendário antigo, para terminar a confecção estendendo o tecido na neve em meados do segundo mês do ano seguinte.

Entre os *chijimi* usados por Shimamura, talvez existissem vários deles tecidos por moças do final do século XIX.

Ainda hoje, Shimamura mandava suas peças de *chijimi* para serem alvejadas na neve. Embora fosse muito trabalhoso enviar aquelas roupas de segunda mão todos os anos para serem estendidas na neve em seu local de origem, Shimamura, ao pensar na disciplina das moças de antigamente, reclusas na neve, desejava ainda mais que fossem expostas ao verdadeiro método nas terras de suas tecelãs. Era agradável simplesmente pensar no sol da manhã batendo no linho branco estendido sobre a neve espessa, na neve ou no tecido, ambos tingidos de vermelho por sua luz, pois lhe parecia que a sujeira do verão seria totalmente eliminada e que o seu próprio ser ficaria purificado. Como eram os brechós de Tóquio que o atendiam, Shimamura não sabia ao certo se ainda hoje utilizavam-se as mesmas técnicas do passado.

As casas que alvejavam os tecidos existiam desde tempos remotos. Era raro as tecelãs estenderem os tecidos em suas próprias moradias; em geral, enviavam-nos para essas casas o fazerem. Os *chijimi* brancos eram expostos depois de terem sido tecidos, e os coloridos, ainda em fios enrolados em carretéis. Os *chijimi* brancos ficavam estendidos diretamente na neve. Esse trabalho era feito entre o primeiro e o segundo mês do calendário antigo, e dizem que para isso usavam as áreas de plantio de arroz e de verduras que ficavam de todo cobertas pela neve.

Tanto o tecido quanto o fio ficavam uma noite inteira de molho na água com cinzas. Na manhã seguinte, eram lavados diversas vezes, torcidos e estendidos ao ar livre. Repetia-se o processo por vários dias seguidos. Antigamente, alguém também escrevera que a paisagem do sol da manhã, que surgia sanguíneo sobre o *chijimi* branco exposto pela última vez, era inexprimível; e que os nativos das províncias mais quentes deviam todos ver o espetáculo. No País das Neves, estender o *chijimi* pela última vez indicava a chegada da primavera.

A região produtora dos *chijimi* era próxima daquelas termas. Ficava na planície rio abaixo, que ia se abrindo aos poucos do desfiladeiro e quase podia ser avistada do quarto de Shimamura. Estações ferroviárias surgiram em todas as cidades que no passado realizavam a feira de *chijimi* e que, ainda hoje, continuam conhecidas como regiões de tecelagem.

Shimamura, porém, nunca estivera naquelas termas em pleno verão, quando ele costumava vestir o *chijimi*, nem em pleno inverno, quando ele era tecido; por isso, não teve a oportunidade de falar com Komako a respeito. Mas também ela não era do tipo de se interessar pelas artes populares tradicionais de tempos remotos.

Entretanto, ao ouvir a música que Yoko cantara no banho, sem querer pensou que se ela tivesse vivido naquele tempo, quem sabe houvesse trabalhado nas rocas e nos teares entoando aquele tipo de canção. A música cantada por Yoko tinha essa característica.

Dizem que o fio de linho, mais fino que a lã, é difícil de ser trabalhado sem a umidade natural da neve e que a estação fria é a mais adequada para a tecelagem. Os antigos diziam também que o linho tecido durante o frio dá uma sensação refrescante no alto verão, pela ação natural da luz e da sombra. Komako, que se ligara de forma tão estreita a Shimamura, também parecia conter um certo frescor em suas raízes. Justamente por isso, esse lado caloroso de Komako era tão penoso para Shimamura.

Esse afeto, porém, não deixaria nenhum vestígio que fosse duradouro como uma peça de *chijimi*. O tecido usado para vestir pode ser uma peça de pouca durabilidade dentre os artigos produzidos artesanalmente, mas, bem cuidado, um *chijimi* pode durar mais de cinquenta anos sem ao menos desbotar; em compensação, as relações humanas não têm longevidade alguma se comparadas à do *chijimi*. Enquanto pensava à toa sobre essas coisas, de modo inesperado veio-lhe à mente a figura de Komako, que dera à luz uma criança de outro homem. Shimamura, assustado, olhou ao redor. Devia estar cansado.

Fora uma longa estada, como se tivesse se esquecido de retornar ao seio da mulher e dos filhos. Não era pela vontade de ficar perto de Komako nem pela vontade de não se separar dela, mas Shimamura havia se habituado a esperar por suas frequentes viagens. Quanto mais Komako se aproximava dele, maior era a culpa de Shimamura por não agir como se estivesse vivo. Ou seja, por permanecer inerte, observando sua própria solidão, Shimamura não conseguia entender como Komako o envolvia. A totalidade de Komako chegava até ele, mas nada dele parecia conseguir chegar até ela. Shimamura ouviu um som semelhante a um eco de Komako batendo numa parede vazia, como se fosse a neve se acumulando no fundo do seu peito. Esse seu ato egoísta não poderia continuar para sempre.

Shimamura sentiu que, quando partisse daquela vez, não seria mais capaz de retornar àquelas termas. Recostado ao braseiro, que indicava a aproximação da temporada de neve, ouviu, na chaleira de ferro antiga produzida em Kyoto que o dono da hospedaria havia colocado em seu quarto, o som suave do vento soprando nos pinheiros. Era estampada com flores e pássaros de prata bem distribuídos. O som do vento soprando naqueles pinheiros sobrepôs-se em duplicidade e foi-lhe possível distinguir entre um som próximo e outro distante, mas o som distante dava a impressão de ser acompanhado pelo badalar incessante de um pequeno sino ainda mais afastado. Shimamura aproximou o ouvido da chaleira de ferro e ouviu o som desse sino. Bem longe, onde o sino tocava sem parar, de repente ele enxergou os pequenos pés de Komako, que vinham andando em passos cujo ritmo acompanhava o do sino distante. Shimamura assustou-se e percebeu que já era tempo de sair dali.

Ele teve, então, a ideia de ir conhecer a região produtora de *chijimi*. Com isso, pretendia também ganhar ânimo para se afastar daquelas termas.

Entretanto, não sabia a que cidade ir entre as tantas que existiam rio abaixo. Como não tinha a intenção de visitar alguma cidade grande que tivesse se desenvolvido com a indústria têxtil, Shimamura desceu do trem numa estação bem pacata. Depois de andar um pouco, chegou a uma rua que parecia ser a das hospedarias antigas.

Os beirais dos telhados das casas eram bem proeminentes e as colunas que os sustentavam enfileiravam-se na rua. Pareciam-se com o que na cidade de Edo era denominado *tanashita*, mas naquela região chamava-se *gangui* desde os tempos antigos, e servia de passagem durante a época em que a neve ficava muito alta. De um dos lados, os telhados se enfileiravam e os beirais eram contíguos.

Como as casas ficavam encostadas umas às outras, a neve do telhado só podia ser jogada no meio da rua. Na prática, era como jogá-la do longo telhado em direção à barragem cada vez mais alta que se formava com ela. Para atravessar do outro lado da rua, túneis transversais eram cavados em diversos pontos dessa barragem de neve. Na região, é conhecida pelo nome de "intrauterina".

Embora estivessem na mesma região do País das Neves, os beirais dos telhados na vila termal onde ficava Komako não eram contíguos; por isso, era a primeira vez que Shimamura via o *gangui*. Devido à novidade, experimentou andar um pouco em seu interior. A sombra dos beirais envelhecidos era escura e a base das colunas inclinadas estava se deteriorando. Teve a impressão de que espiava o interior de uma casa abafada, afundada na neve durante várias gerações.

A vida das tecelãs que se concentravam no trabalho manual na neve não era agradável e alegre como o *chijimi*, seu produto. Aquela era uma cidade antiga que dava uma impressão suficientemente forte para que se pensasse assim. No livro que fala sobre o *chijimi* também são citados poemas como o de Shin Togyoku, da dinastia T'ang, mas ali não havia casas com tecelãs, pois era muito trabalhoso tecer um fardo de *chijimi*, além de nada compensador do ponto de vista financeiro.

As artesãs anônimas que fizeram tal sacrifício já eram falecidas havia muito tempo e só restaram os esplêndidos *chijimi* feitos por elas. Acabaram como artigo de luxo de pessoas do gênero de Shimamura, a quem proporcionam uma sensação de frescor no verão. De repente esse fato aparentemente comum pareceu estranho a Shimamura. Será que um trabalho cheio de amor, feito com o coração, um dia, em algum lugar, irá ferir alguém? Ele saiu do *gangui* para a rua.

Era longa e reta, parecendo ser a rua principal das hospedarias. Devia ser antiga e se estendia desde a vila termal. As tábuas que pregavam os telhados de madeira e as pedras eram as mesmas usadas nas termas.

As colunas dos beirais produziam uma sombra tênue. Sem que ele percebesse, já estava anoitecendo.

Como não havia mais nada para ver, Shimamura pegou o trem novamente e desceu em outra cidade mais à frente. Era muito parecida com a anterior. Apenas andou sem rumo e, para se aquecer do frio, tomou uma tigela de *udon*.[35]

A casa de *udon* ficava na beira do rio, provavelmente o mesmo que corria atrás das termas. Num breve intervalo de tempo, viu várias monjas em pares e em trios atravessarem a ponte. Calçadas com chinelos de palha de arroz, algumas levavam um chapéu arredondado nas costas e pareciam voltar da coleta de donativos. Lembravam os pássaros que se apressam em se recolher ao ninho.

— Passam muitas monjas por aqui, não é mesmo? — perguntou Shimamura à senhora da casa de *udon*.

— Sim, mais adiante há um mosteiro. Em breve, quando começarem as nevascas, deve ficar difícil para elas andarem pelas montanhas.

A montanha que recebia o pôr do sol do outro lado da ponte já estava coberta pelo manto branco da neve.

Nessa região, quando as folhas caem e o vento fica muito frio, seguem-se dias nublados e gelados. É prenúncio de neve. Os cumes das montanhas próximas e distantes ficam brancos, fenômeno ao qual o povo local dá o nome de *takemawari*.[36] Na costa, o mar ruge, e no interior, as montanhas ressoam como um trovão longínquo. A isso se dá o nome de *domawari*.[37] Vendo o *takemawari* e ouvindo o *domawari*, sabe-se que a neve já não tardará. Shimamura lembrou-se de que assim estava escrito num livro antigo.

---

35. Macarrão japonês servido em tigela com um caldo à base de extrato de peixe e molho de soja. [N.T.]
36. O chapéu dos picos. [N.T.]
37. O som do fundo. [N.T.]

Os primeiros flocos de neve caíram no dia em que Shimamura, deitado em seu leito, ouviu o *script* de nô dos visitantes que vieram apreciar o bordo. Será que esse ano o mar e as montanhas já haviam dado os sinais? Depois da viagem solitária às termas para se encontrar com Komako, talvez sua audição estivesse mais aguçada, pois só de pensar no ressoar do mar e da montanha esse som longínquo parecia ecoar bem no fundo de seus ouvidos.

— As monjas também começam a reclusão de inverno, não é? Quantas serão?

— Bem... Devem ser muitas.

— O que farão tantas monjas reunidas em meio à neve durante vários meses? Que tal se elas tecessem o *chijimi* que era feito nessas redondezas antigamente?

A senhora da casa de *udon* limitou-se a dar um pequeno sorriso diante das palavras do excêntrico Shimamura.

Ele ficou esperando o trem na estação por cerca de duas horas. Depois que os tímidos raios de sol desapareceram, o ar frio começou a ficar claro como se lustrasse as estrelas. Seus pés estavam gelados.

Shimamura voltou às termas sem saber por que as tinha deixado. Quando o táxi chegou ao lado do bosque de cedros depois de atravessar a linha do trem, uma casa iluminada bem à frente tranquilizou Shimamura. Era a Casa Kikumura, o pequeno restaurante. Na entrada, três ou quatro gueixas conversavam.

Sem que tivesse tempo de pensar se Komako estaria lá, ela já saltava aos seus olhos.

A velocidade do carro diminuiu de repente. O motorista, que sabia da relação entre Shimamura e Komako, parecia ter freado de modo natural.

Sem pensar, Shimamura olhou para trás, para o lado oposto àquele onde estava Komako. As marcas dos pneus do carro permaneciam visíveis sobre a neve. Foi surpreendido ao ver o brilho das estrelas ao longe.

O táxi chegou à altura de Komako. Ela pareceu fechar os olhos e pulou em cima do carro. Sem parar, o carro continuou subindo silenciosamente a ladeira. Komako subiu no estribo e segurou-se na fechadura.

Apesar do impacto causado por seu pulo e sua forma de se agarrar ao carro, Shimamura sentiu como se algo suave e caloroso tivesse se aproximado dele, sem ver nenhuma anormalidade e nenhum perigo na atitude de Komako. Ela ergueu o braço como se abraçasse a janela. A manga escorregou para cima, e a cor do quimono de baixo revelou-se vermelha contra o vidro espesso, fazendo arder a vista de Shimamura, enrijecida pelo frio.

Encostando a testa no vidro da janela, Komako perguntou:

— Aonde foi? Diga, aonde foi? — em alto e bom som.

— É perigoso! Não abuse! — respondeu Shimamura em voz alta, mas era uma terna brincadeira.

Komako abriu a porta e caiu dentro do táxi. No entanto, nesse momento, o carro já havia parado. Estavam no sopé da montanha.

— Diga, aonde é que o senhor foi?

— Por aí.

— Aonde?

— Nenhum lugar em especial.

O modo típico de gueixa com o qual Komako arrumou a barra do quimono pegou Shimamura de surpresa.

O motorista esperava quieto. Shimamura então deu-se

conta de que era estranho ficar assim, num carro parado, pois este não tinha mais como prosseguir.

— Vamos descer — Komako pôs as mãos nas de Shimamura, que estavam sobre suas pernas. — Nossa, que gelo! Olha só! Por que não me levou junto?

— Porque não pensei nisso.

— O que está dizendo? O senhor é esquisito!

Komako riu alegremente e subiu a pequena rua íngreme com degraus de pedra.

— Eu vi quando estava de saída, sabia? Eram duas ou três horas, não eram?

— Eram.

— Ouvi o barulho do carro e saí para a frente da casa. O senhor nem olhou para trás.

— Como?

— Nem olhou mesmo! Por que não olhou para trás?

Shimamura ficou surpreso com a insistência.

— Então não sabia que eu fiquei acompanhando o senhor partir?

— Não.

— Está vendo? — riu Komako. Depois, encostou-se em seus ombros. — Por que não me levou? Começou a ficar indiferente, não gostei.

Subitamente um alarme de incêndio disparou.

Eles se voltaram para olhar.

— Fogo! É fogo!

— É um incêndio.

As labaredas subiam bem no meio da vila.

Komako deu dois ou três gritos e agarrou a mão de Shimamura.

Em meio à fumaça preta, as labaredas apareciam e desapareciam. O fogo se espalhou para os lados e parecia ir tragando os beirais vizinhos.

— Onde é? A casa da professora de música onde você morava não fica lá perto?

— Não.

— Onde é?

— É mais para cima. Próxima à estação.

As chamas subiam atravessando os telhados.

— Oh! É o depósito de bichos-da-seda! É o depósito de bichos-da-seda! Olhe, olhe! O depósito de bichos-da-seda está pegando fogo! — Continuou repetindo Komako e apertou o rosto contra o ombro de Shimamura. — É o depósito de bichos-da-seda! É o depósito de bichos-da-seda!

O incêndio só crescia, mas visto do alto, sob o céu estrelado, era silencioso como um fogo de faz de conta. No entanto, era grande o temor causado pelo ruído das chamas impetuosas. Shimamura abraçou Komako.

— Não há o que temer!

— Não! Não! — desatou Komako a chorar, sacudindo a cabeça. Entre as mãos de Shimamura, seu rosto parecia menor que de costume. Suas pequenas têmporas tremiam.

Ela começara a chorar ao ver o incêndio, mas sem saber por que ela chorava, Shimamura continuou abraçando-a sem qualquer constrangimento.

De repente, Komako parou de chorar e afastou o rosto.

— Que desgraça! Iam exibir um filme lá no depósito de bichos-da-seda esta noite. O local está cheio de gente!

— Isso é terrível!

— Haverá feridos. Morrerão queimados!

Afobados, os dois subiram a escadaria de pedra correndo em direção à hospedaria, pois ouviram gritos lá no alto. Olhando para cima, viram, tanto no primeiro como no segundo andar, pessoas que tinham saído para o corredor externo e, com os *shoji* da maioria dos quartos abertos, observavam o incêndio. Os crisântemos secos num dos cantos do jardim mostravam suas silhuetas iluminadas pela luz da hospedaria ou da claridade das estrelas, parecendo refletir o incêndio, e atrás deles também havia gente. Três ou quatro pessoas, dentre as quais o encarregado da hospedaria, correram em direção a Shimamura e Komako como se caíssem sobre seus rostos. Ela ergueu a voz:

— Ei, senhor, é o depósito de bichos-da-seda?
— Sim, é o depósito de bichos-da-seda.
— E os feridos? Há feridos?
— Estão sendo resgatados. O rolo de filme pegou fogo de uma só vez... Com que rapidez o fogo se espalhou. Soube pelo telefone. Olha só aquilo... — disse o encarregado da hospedaria e, erguendo um dos braços, se foi. — Dizem que as crianças estão sendo arremessadas do andar superior!

— E agora? O que vamos fazer? — Komako desceu a escadaria de pedra como se seguisse o encarregado. As pessoas que vinham de trás passaram correndo por ela. Komako, levada pelo ímpeto, também começou a correr. Shimamura foi atrás.

No pé da escadaria, só se via a ponta das labaredas que se ocultavam por trás das casas. Eles correram ainda mais, preocupados com o alarme que continuava a tocar.

— A neve está úmida. Tome cuidado, pode escorregar... — Komako parou e voltou-se para Shimamura. — Mas espera aí. Não precisa ir junto. Eu é que estou preocupada com as pessoas da vila.

Pensando bem, ela tinha razão. Quando Shimamura perdeu o embalo, viu o trilho do trem sob seus pés. Já havia chegado próximo à cancela.

— A Via-Láctea! Que linda, não? — murmurou Komako.

Quando Shimamura olhou para o alto, sentiu que seu corpo levitava em direção ao interior da galáxia, cuja claridade quase o sugava para cima. Será que durante sua viagem o poeta Bashô teria visto uma Via-Láctea tão nítida e grandiosa como essa sobre o mar revolto? Nua, no meio da noite, ela tentava envolver a terra com sua pele e tinha descido logo ali. Era de uma sensualidade assombrosa. Shimamura teve a impressão de que até sua pequena sombra refletia-se nela. Era possível ver cada uma das estrelas de toda a galáxia. Tudo estava límpido a ponto de se enxergar cada partícula do pó de purpurina da nebulosa. Além de tudo isso, a própria infinita profundidade da Via-Láctea foi tragando a visão de Shimamura.

— Ei, espere! — Shimamura chamou por Komako. — Ei, espere aí!

Komako corria em direção à montanha escura de onde se descortinava a nebulosa.

A ponta do quimono parecia haver se soltado e quando Komako balançava os braços via-se a barra flamular. Foi possível notar que a neve iluminada pelas estrelas estava vermelha.

Shimamura seguiu-a, correndo o máximo que podia.

Komako desacelerou os passos, soltou a barra do quimono e pegou na mão de Shimamura.

— O senhor também vem?

— Vou.

— Não seja louco! — e ergueu a barra que estava caída sobre a neve. — Vá embora, por favor, serei motivo de riso.

— Entendi. Só vou mais um pouco.

— Não vai ficar bem! Levar o senhor até o local do incêndio é falta de consideração para com os moradores da vila!

Shimamura concordou com a cabeça e parou, mas Komako continuou andando devagar, segurando no braço dele.

— Espere-me em algum lugar. Volto logo. Onde é melhor?

— Qualquer lugar.

— Então, um pouco mais adiante — Komako olhou para o rosto de Shimamura, mas subitamente sacudiu a cabeça. — Não, não quero mais.

Komako jogou seu corpo contra o dele. Shimamura cambaleou. Em meio à neve rala na beira da rua, havia uma fileira de bulbos.

— Que lástima! — Komako desafiou-o falando rápido. — Escuta, havia me dito que sou uma ótima mulher, não disse? Por que uma pessoa que vai embora faz questão de que eu saiba disso?

Shimamura lembrou-se de Komako fincando o *kanzashi* várias vezes no tatame.

— Chorei tanto! Depois que voltei para casa também chorei, sabia? Tenho medo de me separar do senhor. No entanto, peço que vá de uma vez, pois não vou esquecer que me fez chorar com o que disse.

Diante da interpretação equivocada de Komako, Shimamura sentiu-se encurralado por esse apego dela ao remoer as palavras que penetraram até seu âmago, mas começou a ouvir os gritos das pessoas no lugar do incêndio. Novas chamas lançavam suas labaredas.

— Meu Deus! Está queimando cada vez mais forte, olhe quanto fogo...

Os dois começaram a correr como se tivessem sido salvos no último momento.

Komako corria muito. Parecia voar roçando a neve úmida com o tamanco e, em vez de abanar os braços para frente e para trás, balançava-os com firmeza para os lados. Mantinha uma postura que parecia colocar força na região do tórax e Shimamura percebeu que ela tinha um porte miúdo, embora resistente. Um pouco obeso, Shimamura corria olhando para a figura de Komako, e por isso ficou ofegante mais rápido ainda. No entanto, Komako também perdeu subitamente o fôlego e cambaleou para o lado de Shimamura.

— Saem lágrimas de tanto frio que sinto nos olhos.

O rosto dele ficou corado e seus olhos, igualmente gelados. Shimamura também ficou com as pálpebras molhadas. Quando piscava, a Via-Láctea enchia-lhe os olhos. Shimamura tentava segurar as lágrimas que escorriam.

— Ela é assim todas as noites?

— A Via-Láctea? Que linda! Não deve ser todas as noites. O céu está limpo.

A nebulosa avançava desde os fundos de onde os dois vieram correndo. O rosto de Komako parecia iluminado dentro dela.

No entanto, o formato de seu nariz fino e saliente não estava tão nítido e a cor de seus pequenos lábios também estava apagada. Shimamura não conseguia acreditar que as camadas de claridade que atravessavam fartamente o céu eram tão fracas. O clarão das estrelas deveria ser mais ameno do que o de uma noite levemente iluminada pela lua, mas era estranho como a Via-Láctea tinha um efeito mais claro do que uma noite de lua cheia. Na sua suavidade, que não permitia a formação de sombras no solo, o rosto de Komako parecia uma máscara antiga sob a qual havia cheiro da mulher.

Shimamura olhou para cima, e a Via-Láctea ameaçava abaixar-se para abraçar a Terra.

A galáxia, semelhante a uma grandiosa luz, parecia penetrar no corpo de Shimamura, escorrer e continuar em pé na linha do horizonte. Embora fosse de uma solidão fria e invasiva, causava-lhe um sobressalto sensual.

— Quando o senhor partir, vou levar uma vida séria — disse Komako. E começou a andar, colocando a mão no penteado que se desfazia. Deu cinco ou seis passos e voltou-se para ele: — O que foi? Deixe disso!

Shimamura continuava ali parado, olhando para ela.

— Então espere-me, sim? Deixe-me acompanhá-lo até o seu quarto, depois...

Komako correu depois de erguer ligeiramente a mão esquerda. Sua figura de costas dava a impressão de ser tragada pelo chão da montanha escura. A Via-Láctea abria sua cauda bem na linha onde se rompiam as cadeias de montanhas e, no sentido oposto, parecia expandir-se pelo restante do céu com uma grandeza exuberante, levando a montanha a cair numa escuridão ainda maior.

Logo depois de Shimamura começar a andar, a figura de Komako ocultou-se por trás das casas da rua.

— Um, dois... Um, dois... — ouviam-se os gritos ritmados, enquanto a mangueira era puxada pela rua. Pessoas não paravam de chegar. Shimamura apressou-se em ir também. O caminho que os dois haviam percorrido dava no local.

Outra mangueira chegara. Shimamura deu passagem e foi correndo atrás.

Era uma mangueira de uma bomba de madeira manual, que de tão pequena chegava a ser cômica. Além de um grupo que puxava uma corda comprida, havia vários bombeiros ao seu redor.

Quando a bomba chegou, Komako recuou para o meio-fio. Encontrou Shimamura e correu para juntar-se a ele. As pessoas que também tinham se afastado, dando passagem para a bomba, foram-na seguindo como que sugadas pelo instrumento. Agora, os dois já faziam parte da multidão que corria para o local do incêndio.

— Acabou vindo, então? O senhor é mesmo maluco, hein?

— Sim. Que bomba mais miserável! É anterior à era Meiji, ainda do século XIX.

— Isso mesmo. Mas não vá cair.

— Está totalmente escorregadio, não?

— É! Daqui para a frente, experimente vir uma vez na época em que a nevasca é forte durante a noite inteira... Não conseguirá vir, não é? Faisões e coelhos refugiam-se dentro das casas das pessoas.

Komako soltava isso animada e alegre, levada pelo embalo das vozes de ânimo dos bombeiros e pelos passos das pessoas. Shimamura também se sentiu de alma leve.

Ouvia-se o estalar das labaredas. Uma chama se levantou diante dos olhos deles. Komako segurou no braço de Shimamura. Um telhado baixo e preto sobressaía-se na rua, como se estivesse respirando com a claridade do fogo, até que se apagou de novo. A água começou a correr na mangueira estendida no chão sob seus pés. Shimamura e Komako pararam naturalmente na barreira humana formada pela multidão. Ao cheiro de queimado de incêndio, misturava-se o odor de casulos como que sendo cozidos.

As pessoas comentavam coisas parecidas, aqui e ali, dizendo que o filme tinha pegado fogo, que arremessaram do segundo andar as crianças que foram à exibição, que não havia feridos, que era uma sorte não haver nem bichos--da-seda nem arroz no depósito. No entanto, era como se todos estivessem sem palavras diante do fogo, e um silêncio desprovido de um centro de gravidade dominava o local do incêndio. Pareciam ouvir o crepitar das chamas e o ruído da mangueira.

De vez em quando aparecia um morador da vila retardatário gritando o nome de um parente. Havia quem respondesse e, alegres, chamavam-se uns aos outros. Somente essas vozes corriam com vida. A sirene de emergência já havia silenciado.

Evitando os olhares alheios, Shimamura afastou-se com discrição de Komako e ficou atrás de um grupo de crianças. Com o calor do fogo, elas haviam recuado. A neve sob seus pés também parecia ceder. A que estava na frente da multidão derretia com o fogo e com a água, virando uma mistura suja amolecida pelas pisadas.

Tinham recuado até o pequeno descampado localizado ao lado do depósito de bichos-da-seda, onde a maioria das pessoas da vila que acorreram com Shimamura e Komako também tinha se acomodado.

Tudo indicava que o fogo havia começado no projetor

instalado perto da entrada da sala de projeção, e metade do depósito de bichos-da-seda já tinha o telhado e as paredes em ruínas. Mas a parte estrutural, como colunas e vigas, continuava em pé, embora fumegantes. Por ser um prédio totalmente desocupado, construído com colunas, telhado, paredes e piso de madeira, não havia tanta fumaça em seu interior incandescente. O telhado, que já havia recebido bastante água, não parecia mais queimar, mas o fogo não parava de avançar e labaredas surgiam de lugares inesperados. No meio delas, a água fez surgir uma coluna de fumaça negra em volta de faíscas revoltas em brasa, atraindo os jatos de água dos bombeiros dos três carros-pipas em ação. As labaredas espalharam-se e desfizeram-se na Via--Láctea, e Shimamura parecia de novo ser tragado por ela. Ao mesmo tempo que a fumaça corria pela nebulosa, esta veio descendo rapidamente. Um jato de água proveniente da mangueira que se desviou do telhado movia-se de lá para cá, criando uma fumaça de água rala e branca que parecia refletir o brilho da Via-Láctea.

Sem que Shimamura percebesse a aproximação de Komako, ela pegou na mão dele. Shimamura virou-se para ela, mas permaneceu calado. Komako continuava olhando na direção do fogo e, em seu rosto sério, um tanto excitado, o ritmo da labareda tremulava. Ele sentiu algo intenso subir ao peito. O penteado de Komako havia afrouxado e a garganta estava esticada. Shimamura, quase levando a mão ao pescoço dela, tinha os dedos trêmulos. A mão dele estava quente, mas a dela parecia queimar. Shimamura não sabia por que, mas sentiu que a separação estava próxima.

Novas fagulhas saíram de uma coluna ou pilastra da

entrada, e o jato de água da mangueira voltou-se para apagá-lo, quando a cumeeira e a viga começaram a tombar, soltando vapores ruidosos.

A multidão engoliu um grito de surpresa vendo o corpo de uma mulher cair nas chamas.

Para servir de palco de exibições, o depósito de bichos-da-seda tinha uma galeria improvisada no andar superior. Era um pavimento baixo, e a mulher caiu dali, levando apenas uma fração de segundo para atingir o chão. Parecia, porém, que levara tempo suficiente para ser acompanhada em detalhes com os olhos. Talvez isso tivesse acontecido pela forma estranha como o corpo caíra, parecendo um boneco. Logo se viu que estava sem sentidos. Caíra entre o fogo que se espalhava para novas áreas e o fogo que surgia entre os destroços.

Um carro-pipa lançava um jato lateral de água em forma de arco na direção do fogo entre os destroços, quando, de repente, apareceu aquele corpo de mulher. Durante a queda, o corpo da mulher estava na horizontal... Shimamura teve um sobressalto, mas não sentiu o perigo, nem pavor de imediato. Parecia uma ilusão de um mundo irreal. O corpo rígido despencando no ar amoleceu sem oferecer resistência, como se fosse um boneco, numa liberdade na qual não havia vida, numa figura em que a vida e a morte haviam estagnado. A inquietude que tomou conta dele foi em relação ao corpo da mulher, que, ao cair, poderia ficar com a cabeça para baixo ou dobrar o dorso ou o joelho. Pareceu-lhe ver esses indícios, mas ela caiu deitada.

— Ah....

Komako deu um grito agudo e tapou os olhos com as mãos. Shimamura olhava fixamente, sem pestanejar.

A mulher que caíra era Yoko. Quando ele teria se dado conta disso? Na realidade, a multidão engolira em seco e Komako gritara quase no mesmo instante. A perna de Yoko aparentava ter ricocheteado sobre o chão naquele momento.

O grito de Komako atravessou a alma de Shimamura. Da mesma forma que a perna de Yoko se contraíra, um tremor gélido o percorreu até a ponta dos pés. Atingido por uma tristeza e uma angústia indefiníveis, seu coração palpitava intensamente.

O espasmo de Yoko, de tão leve, havia sido imperceptível e logo cessou.

Antes mesmo de reparar no espasmo, Shimamura olhava para o rosto de Yoko e para seu quimono vermelho com estampas de flechas. Ela caíra de costas. A barra do quimono estava erguida até um pouco acima do joelho. Mesmo batendo no chão, só a perna teve um espasmo enquanto ela continuava desacordada. Shimamura não sabia o motivo, mas não sentiu a presença da morte. Sentiu apenas algo semelhante a uma fase de transição durante a qual a vida interior de Yoko transformar-se-ia.

Duas ou três estruturas de madeira tombaram da galeria superior que a havia derrubado e ardiam sobre seu rosto. Ela tinha os belos olhos lancinantes fechados. Com o queixo erguido, a linha do pescoço estava esticada. A claridade do fogo tremulava sobre seu rosto pálido.

De repente, Shimamura lembrou-se de alguns anos passados, quando a iluminação dos campos na montanha brilhava em pleno rosto de Yoko, no interior do trem no qual ele embarcara rumo àquelas termas ao encontro de Komako. Novamente sentiu o peito tremer. Pareceu-lhe por um instante que o tempo passado com Komako estava ali refletido. Havia também uma tristeza e um sofrimento indefiníveis.

Komako afastou-se de Shimamura e correu em direção ao fogo, aparentemente no exato momento em que ela tampara os olhos. Na hora em que a multidão engolia em seco.

Em meio aos destroços que caíam pretos com a água, Komako arregaçou a longa barra de gueixa e cambaleou. Tentou voltar com Yoko nos braços. Sob seus traços tensos e marcados pelo intenso esforço, caía o rosto desfalecido de Yoko, prestes a ascender aos céus. Komako parecia carregar seu sacrifício ou sua punição.

A multidão avançou aos gritos e cercou as duas.

— Saiam, saiam, por favor! — Shimamura ouvia os gritos de Komako. — Esta menina é louca, é louca! — ouviu ele ainda.

Aquela voz fez com que Shimamura tentasse se aproximar dessa Komako quase ensandecida, mas foi afastado com vigor por homens que já tiravam Yoko dos braços de Komako. Ao cambalear, ergueu os olhos, e Shimamura teve a sensação de que a Via-Láctea o penetrara num ruído surdo.

Yasunari Kawabata na Estação Liberdade

A casa das belas adormecidas (2004)

O País das Neves (2004)

Mil tsurus (2006)

Kyoto (2006)

Contos da palma da mão (2008)

A dançarina de Izu (2008)

O som da montanha (2009)

O lago (2010)

O mestre de go (2011)

A Gangue Escarlate de Asakusa (2013)

Kawabata-Mishima: correspondência 1945-1970 (2019)

Beleza e tristeza (2022)